新雅中文教室

"警世名言"
故事60選

宋詒瑞　著

新雅文化事業有限公司
www.sunya.com.hk

U0099760

目錄

勤學求真篇 7

· 路漫漫其修遠兮，吾將上下而求索。 8

· 玉不琢，不成器；人不學，不知道。 11

· 生也有涯，知也無涯。 14

· 鍥而舍之，朽木不折；鍥而不舍，金石可鏤。 17

· 博學之，審問之，慎思之，明辨之，篤行之。 20

· 敏而好學，不恥下問。 23

· 同君一席話，勝讀十年書。 26

· 讀書之法，在循序漸進，熟讀而精思。 29

· 讀書破萬卷，下筆如有神。 32

· 學而不思則罔，思而不學則殆。 35

· 見者易，學者難；莫將容易得，便作等閒看。 38

· 閒時不燒香，臨時抱佛腳。 41

· 子在齊聞《韶》，三月不知肉味。 44

· 一年之計在於春，一日之計在於寅。 47

· 人生一世，如駒過隙。 50

· 枯木逢春猶再發，人無兩度再少年；
  鶯花猶怕春光老，豈可教人枉度春。 53

· 莫等閒，白了少年頭，空悲切。 57

· 明日復明日，明日何其多，
　我生待明日，萬事成蹉跎。 60

處　事　待　人　篇　63

· 四海之內皆兄弟。 64

· 有朋自遠方來，不亦樂乎。 67

· 道不同，不相為謀。 70

· 天時不如地利，地利不如人和。 73

· 兩人一般心，有錢堪買金；
　一人一般心，無錢堪買針。 76

· 人之相識，貴在相知；人之相知，貴在知心。 79

· 求人須求大丈夫，濟人須濟急時無。 82

· 長江後浪推前浪，世上新人趕舊人。 85

· 愚者千慮，必有一得；智者千慮，必有一失。 88

· 來說是非者，便是是非人；
　是非終日有，不聽自然無。 91

· 一人道虛，千人傳實。 94

· 許人一物，千金不移；一言既出，駟馬難追。 97

· 養兵千日，用在一時。 100

· 禍兮福所倚，福兮禍所伏。 103

· 使口不如自走，求人不如求己；
　口說不如身逢，耳聞不如眼見。 106

· 吾日三省吾身。 109

· 吾十有五而志於學；三十而立；四十而不惑；
  五十而知天命；六十而耳順；
  七十而從心所欲，不踰矩。⋯⋯⋯⋯⋯⋯⋯114

· 富貴不能淫，貧賤不能移，威武不能屈，
  此之謂大丈夫。⋯⋯⋯⋯⋯⋯⋯⋯⋯118

· 謙虛受益，滿盈招損；
  得意不宜再往，凡事當留餘步。⋯⋯⋯⋯121

· 凡人不可貌相，海水不可斗量；
  牡丹花好空入目，棗花雖小結實成。⋯⋯124

· 錢財如糞土，仁義值千金。⋯⋯⋯⋯⋯⋯127

· 點石化為金，人心猶未足；
  黃金未為貴，安樂值錢多。⋯⋯⋯⋯⋯130

· 得忍且忍，得耐且耐；不忍不耐，小事成大。
  忍得一時之氣，免得百日之憂。⋯⋯⋯⋯133

· 將相頂頭堪走馬，公侯肚裏好撐船。⋯⋯⋯136

· 樂不可極，樂極生哀；慾不可縱，縱慾成災。⋯⋯139

· 玩人喪德，玩物喪志。⋯⋯⋯⋯⋯⋯⋯142

· 留得五湖明月在，不愁無處下金鈎。⋯⋯⋯145

· 受恩深處宜先退，得意濃時便可休；
  莫待是非來入耳，從前恩愛反成仇。⋯⋯148

· 善事可作，惡事莫為。
  一毫之惡，勸人莫作；一毫之善，與人方便。⋯⋯151

· 寧可人負我，切莫我負人；
  再三須重事，第一莫欺心。⋯⋯⋯⋯⋯154

天倫之情篇 157

- 哀哀父母，生我劬勞。 158
- 能師孟母三遷教，定卜燕山五桂芳。 160
- 父子親而家不退，兄弟和而家不分。 162
- 不求金玉重重貴，但願兒孫個個賢；
  無限朱門生餓莩，幾多白屋出公卿。 165
- 千經萬典，孝悌為先；
  羊有跪乳之恩，鴉有反哺之義。 168
- 妻賢夫禍少，子孝父心寬；
  賢婦令夫貴，惡婦令夫敗。 171
- 骨肉相殘，煮豆燃萁；兄弟相愛，灼艾分痛。 174
- 一家之計在於和。 177
- 老吾老，以及人之老；幼吾幼，以及人之幼。 180
- 樹欲靜而風不止，子欲養而親不待。 183
- 孝順還生孝順子，忤逆還生忤逆兒。 186
- 兒孫自有兒孫福，莫為兒孫作馬牛。 189

前言

　　五千年華夏文明，為我們留下了不少文化瑰寶。常言道「鑒古知今」，古人從生活中得到的啟發，很值得我們借鏡。先輩們為了警示世人，流傳下來的句句警世名言，正好發揮這樣的作用。

　　「警世」，意指警告勸誡世人；「名言」，即是廣為流傳的、人人都知的名句。警世名言，是一個個古人在生活中實踐、體驗而得出的結論或建議，經過一代又一代汰劣留良，現今流傳下來的，都是最精闢的人生道理。

　　本書由著名兒童文學作家宋詒瑞老師精選 60 句警世名言，其中有些出自《論語》、《孟子》等經典、有些出自古代詩詞、有些則選自《增廣賢文》這本在明代編寫的兒童啟蒙讀物。這些名言雖然通俗易懂，卻發人深思，字字珠璣，句句都是大智慧。

　　書中每句名言都根據它的出處、含意寫成故事，簡潔易明地解釋了該則名言的意思；並附有語文運用的欄目，以例句及近、反義詞展示該則名言的應用方法。期待讀者了解名言的來源，認識其正確意思，並能準確掌握各句名言的用法，繼而進一步運用到作文及日常談吐中，提升語文能力。

　　熟練掌握警世名言，有助培養良好的品德情操，提高文學素養和寫作能力。讀過此書，猶如「同君一席話，勝讀十年書」，現在就投入到警世名言的故事中吧！

勤學求真篇

路漫漫其修遠兮，
吾將上下而求索。
——屈原《離騷》

釋義：

　　前面追求真理的道路又遠又長啊，我將會上天下地、不遺餘力到處去追求探索。

故事：

屈原（約公元前340－前278年），楚國人，楚武王後代。

屈原得到楚懷王的信任，出任左徒，兼管內政與外交，相當於宰相。他盡忠守職，但推行的變革卻觸犯了貴族階層的利益，促使眾人挑撥他與懷王的關係；秦國還以重金賄賂楚國的奸臣，在懷王面前造謠誣陷説屈原恃才傲物，背着懷王私通齊國。最終惹得懷王大怒，撤掉了屈原的官職，驅逐出宮。

降為平民的屈原先後被流放到漢北和江南一帶，眼看楚齊聯盟破裂，楚懷王喪命，秦國多次侵犯楚國，國力已無法挽救，而滿腔熱血的自己卻無能為力。屈原滿懷悲憤，十六年間寫下了《離騷》、《天問》、《九歌》等充滿愛國激情的不朽詩篇。

《離騷》寫於前305至304年，即他被流放漢北之時。詩的起首先寫出了熾熱的家國情懷和不屈的鬥爭精神。後一部分描寫他對未來道路的憧憬和對真理的探索追求，喊出了流傳千古的名句：「路漫漫其修遠兮，吾將上下而求索」，表達了他至死不渝追求真理正道的決心。

前278年，秦國攻下楚國，亡國的消息傳來，屈原悲痛不

已。5月5日，屈原報國無門，以身殉國，沉沒於湖南汨羅江中。

人們痛心疾首，紛紛划船去尋找屈原的屍體；屈原夫人以糉葉包裹飯糰投擲入江，希望魚兒放過嚙食屈原。日後演變成每年5月5日端午節吃糉子划龍船的傳統習俗，偉大的愛國志士、詩人屈原永遠活在人們心中。

語文運用

例句： 浩瀚的宇宙對人類來説還是一個大謎團，還待我們不畏艱難去探索。我們要有屈原「路漫漫其修遠兮，吾將上下而求索」的精神，去追求真理，揭開宇宙之謎。

玉不琢，不成器；
人不學，不知道。
——《禮記·學記》

釋義：

　　一塊天然璞玉如果沒有經過工匠的精雕細琢，就不能成為精美的器皿；同樣，一個人如果不認真學習，就不能獲得豐富的知識，不會認識很多正確的道理。

　　原文「不知道」一句另有「不知義」的說法，收錄於經典兒童啟蒙讀物《三字經》。兩版本意義大致相同。

故事：

　　古時候，某一城鎮內建起了一座寺廟，善男信女們每天來燒香，總覺得廟裏少了一座大佛像，便虔誠地祈禱，求佛祖派來一位雕刻師。佛祖見他們真心誠意，非常感動，便派了一位擅長雕刻的羅漢下凡來進行這項工程。

　　雕刻師在當地尋覓可用的石材。他看中了一塊貌似粗糙、實質是塊好玉的大石，便拿起鑿子和錘子叮叮咚咚敲打起來。但是這塊大石不能忍受這樣的對待，痛得大叫：「別打了，別打了，我受不了！」

　　雕刻師對它說：「我要把你雕鑿成一座佛像，改變你的命運，忍耐一下吧！」

　　但是大石不依：「我長年累月躺在這裏過得好好的，不想受這份痛苦，饒了我吧！」

　　見它這麼不爭氣，雕刻師只好放棄了它，另找了旁邊一塊質地較差的大石開鑿。他雕刻得格外用心，把這塊璞玉的長處充分發揮，掩蓋了它的瑕疵。沒多久，一座莊嚴慈祥的玉佛像雕刻成了，安放在寺廟內供信徒頂禮膜拜。寺廟內每日香火鼎盛，也帶

動了小鎮的經濟發展，百姓們安居樂業，過着幸福的日子。

　　那塊怕痛的大石被運去修築通往寺廟的道路，眼看那塊不如自己的大石成為眾人尊敬禮拜的大佛，而自己卻整日遭受車馬和人們的踐踏，它心中憤憤不平。一日，佛祖下凡來此巡視，大石向佛祖抱怨命運對它不公。佛祖微笑着説：「你忘了自己當年怎樣不能忍受疼痛的嗎？你的資質原本很好，但是被你自己毀了，可惜啊！在這個世界上有很多道理是你還不明白的，要學習啊，通過學習才能明理。玉不琢，不成器；人不學，不知道。」

語文運用

例句：這名神童早早就因為能寫詩而成名，但之後他沒有努力學習，而是熱衷於到處賣詩賺錢，最終只是一個無才無德的庸人。真是「玉不琢，不成器；人不學，不知道」啊！

生也有涯，知也無涯。

——《莊子·養生主》

釋義：

人的一生是很有限的，但知識是無窮無盡的。

故事：　　　　　　　　　　故事類型：**古人教訓**

　　一位老師給學生們講解戰國時期道家莊子的名言：「吾生也有涯，而知也無涯，以有涯隨無涯，殆已。」

　　老師要同學們試試解釋這句話。

　　學生甲答道：「前面兩句的意思很清楚，但是後面那個『殆』字不好理解，為什麼莊子說以我們有限的人生去追求無限的知識，是很危險的呢？」

　　學生乙說：「老師，莊子是不是叫我們別拚命學習去追求學不完的知識？是不是叫我們大家懶惰一些啊？」

　　他的話使同學們都笑了起來。老師徐徐回答：

　　「同學甲解釋得很對，但是同學乙的理解卻是實用主義的了。我們要從莊子所說的一連串話中來體會他的思想。其實這兩句話後面還有好幾句……

　　莊子說：以有限的人生去追求無限的知識是危險的，會失敗的。若是明白了這個道理但還是這樣去求知識，那就更失敗了。做好事不求名利，做壞事不觸犯刑法，萬事順其自然去做，可以保護生命、保全天性，可以撫養親人、享盡天年。

　　也就是説，莊子是從養生角度，談追求知識這件事不能勉為其難，別不自量力想獲得天下所有知識；而淡泊名利、不去追求不該得到的，行為符合自然法則，那就可以延年益壽，這是養生之道。

　　我們再看看莊子關於學習的其他言論：他認為不能説知識越多越好，掌握順道（符合真理）的知識才是有用的；人不能掌握所有知識卻認為自己無所不知，那是很危險的；通過長時間的觀察、實踐和探索後，掌握事物的內在規律，有了豐富的閱歷和廣博的見識，才會發現自己的不足和渺小……所有這些都是教導我們應該如何認真學習的名句。」

語文運用

例句：我看你整天捧着書本學習，別太辛苦了，也要注意休息和運動啊！生也有涯，知也無涯，想把全世界的知識都學到手是不可能的啊！

鍥而舍之，朽木不折；
鍥而不舍，金石可鏤。
——《荀子·勸學篇》

釋義：

如果不認真雕刻而且半途而廢，那麼材質很差的木材也刻不斷；如果堅持不停地雕刻，那麼堅硬的金屬和石頭都可以鏤空。

故事：

荀子（公元前313－前238年），名況，戰國末期趙國人，著名的思想家、哲學家、教育家，儒家學派的代表人物。他曾先後出任齊國、楚國的官職，晚年在楚國收徒教學，著書立說，直至終老。

荀子總結了百家爭鳴的諸子思想，加以思考後擷取了部分儒家學說，主張「禮法並施」，提出人定勝天的思想，反對鬼神迷信和宿命論，重視教育對人的影響，強調學以致用⋯⋯這些都是樸素的唯物主義哲學思想。他被稱為「後聖」，是繼孟子之後的又一位儒家大師。

荀子的思想集中反映在《荀子》一書中，其中有一篇〈勸學〉講述了他在教育和學習方面的理論，對後世的影響很大。

〈勸學〉中用了很多生動的比喻教導學生要堅持不懈地認真學習。文章起首就用雕刻一事來說明只要學習時有「鍥而不舍，金石可鏤」的精神，就能取得成功；反之若抱着「鍥而舍之，朽木不折」的態度，半途而廢就會導致失敗。

他還有一些名句，例如：「不積硅步，無以至千里；不積小

流，無以成江海。」意思是不一步步行走，就到不了千里以外；
沒有一條條小河的匯流，就沒有大江大海。荀子以此比喻學習是
日積月累、積少成多的過程，高深的學問和淵博的知識是經過長
期的學習、一點一滴積累起來的，所以學習一定要有毅力、有恆
心，持之以恆、努力不懈，才能學有所成。

　　這些生動形象的理論，教導了後人如何學習。例如元代的王
冕，雖然家貧不能上學，但是他利用放牛的時間堅持讀書，並自
學繪畫湖中的荷花，多年後終於成為花鳥畫家和詩人。這個成功
的例子，是荀子教育思想的最好詮釋。

語文運用

例句：我想學彈鋼琴，媽媽說：「可以讓你學，希望
你鍥而不舍堅持練習彈奏，不要半途而廢、一暴十寒
啊！」

近義詞：堅持不懈、持之以恆、始終不渝、永不言棄
反義詞：半途而廢、一暴十寒

博學之，審問之，慎思之，明辨之，篤行之。

—— 《禮記·中庸》

釋義：

　　要廣泛全面學習，詳細認真提問，慎重深入思考，清楚明確分辨，踏踏實實行動。

故事：

《中庸》是儒家經典四書之一，相傳是在戰國末期至西漢期間，由孔子的嫡孫孔伋（粵音給），字子思，寫成，書中談到做人的規範、學習的方式和道德的標準，運用孔子的言論和《詩經》篇章來解釋中庸的理念。孔伋擔心這些理念會年久失傳，所以寫下來傳授給他的學生孟子。

中，即是正，不偏不倚，指天下正道；庸，即是常，不變不易，指天下定理。所以中庸的意思就是「中道和常理」。學習《中庸》目的在於修養人性，人應該按「理」生活，完成天所賦予的使命，這就是「道」。學習做到這點的過程就是「修道」，其中特別強調「誠意」的重要。

書中寫到，子思問孔子：「什麼是善？怎樣才能做到擇善固執？」孔子回答說：「追求真誠是做人的原則，要努力做到真誠，就要設定良好的目標努力去實踐，那就是：廣博地學習各種知識，詳細求教消除疑惑，慎重思考理解所學內容，明辨是非學到正確知識，切實把知識運用到實踐中修身養性，使自己升華為真誠的人。」

孔子還進一步具體地教導：「博學之，審問之，慎思之，明辨之，篤行之——除非不學，既然學了，沒學會就決不停止；除非不問，既然問了，沒有明白就決不停問；除非不思考，既然思考了，沒有心得就決不罷休；除非不去分辨，既然分辨了，沒分清是非對錯，決不停手；除非不去做，既然做了，沒做出結果來，決不放棄。每人的聰明才智不同，別人一次學會，我就學一百次；別人十次學會，我就學一千次。如果能這樣做，愚笨的人會變得聰明，柔弱的人會變得堅強。」

簡言之，學、問、思、辨、行，是非常科學的知行合一的治學之道。

語文運用

例句：你知道嗎？我們大學的校訓「博學、審問、慎思、明辨、篤行」，是儒家大師孔子的教導呢！

敏而好學，不恥下問。

──《論語·公冶長》

釋義：

　　雖然聰明但很好學，能向地位和學問不如自己的人討教而不覺得羞恥。

故事：

　　衛國大夫孔文子，即孔圉（粵音宇）為衛靈公做事，聰敏能幹，為人又謙虛好學；但是他也曾做錯一些事，就是在兒女婚事上的所作所為，有不合禮法之處。他過世後，衛靈公追加給他「文」的諡號（諡，粵音嗜），子貢很不理解，就問孔子：「為什麼會給他這個諡法中很高的稱號？」

　　孔子回答說：「一般來說，天性聰敏的人都不愛學習，地位高的人也不屑向地位低下的人討教，覺得這是很羞恥的事。所以在諡法中，向『勤學好問』的人賦予『文』的諡號，但認為通常人們是很難做到這一點的。孔文子就是這樣一個敏而好學、不恥下問的人，所以得到這個諡號啊！」

　　孔子自己也是這樣不恥下問、虛心求教的人。青年孔子在魯國做官時，負責祭拜典禮，因為他對禮制很有研究和心得，在當時被認為是「禮」的專家。

　　孔子第一次去太廟（即周公廟）助祭時，對一切都不熟悉。因為周公廟的擺設和祭祀禮儀都可以和天子的一樣，所以很特別。孔子對每一樣祭器、每一個擺設、每一道步驟，都認真問太

廟的員工，而且問得很詳細，態度也很誠懇很虛心。有人就譏諷他說：「誰說那個從聚邑來的年輕人很熟悉禮制？他怎麼一進太廟什麼都要問別人，好像什麼都不懂的！」大家都笑他是個「每事問」。

　　孔子聽到這種議論後就說：「做事要有謹慎的態度，因為不明白所以就要問，我要知道祭典的每一個細節，才能把工作做好。弄明白了以後就不用再問了。這就是禮啊！」

語文運用

例句：很多成功的學者都是虛懷若谷的人，他們敏而好學，不恥下問，積聚他人智慧不斷完善自己，才能取得學術成果。

近義詞：謙虛謹慎、勤學好問、虛懷若谷
反義詞：好為人師、驕傲自滿、目中無人

同君一席話，勝讀十年書。
——《增廣賢文》

釋義：

　　聽了你講的一番話，讓我明白了很多道理，比讀了十年書的收穫還大啊。

　　原文是「同君……」，現代較流行說成「聽君……」。

故事：

　　從前，有一名書生赴京趕考，路途遙遠，要走好幾天。

　　有一天傍晚，他在一條小村裏休息後，看看天色還早，就想趕快上路，在天黑之前趕到前面另一條村子去投宿。但是他走了很久，卻不見有村落，四周是荒山野地，真是「過了這條村，就沒這個店」了！他很着急，因為若在荒野過夜太危險呢！

　　幸好，他見小山頭上有一所小小的廟宇，心中狂喜，便上前去敲門要求借宿。一位老僧接待了他，為他安排食宿。

　　飯後老僧和書生坐下閒聊。老僧說：「先生讀了不少書，一定學問淵博。你可知道，大海的波浪，哪個是公，哪個是母？山中的樹木，哪棵是公，哪棵是母？」

　　書生被他問得口瞪目呆，實在不知道應該如何回答這個問題。

　　老僧見書生窘得面紅耳赤，就笑着為他解圍說：「書上從來沒說到這樣的事吧！海中的波小於浪，所以波是母、浪是公。山中的松樹是公，因為『松』字中有『公』；『梅』字裏有『母』，所以松樹是公、梅樹是母的。一般事物都是公的大於母、強於母。這

是我的理解，你説對嗎？」

　　書生笑着説：「你説得對，有道理！」

　　説來也巧，這次考試的題目正是：萬物有公有母，如何區別事物的公與母。眾考生對此一頭霧水，但這位書生卻胸有成竹，拿起筆來洋洋灑灑寫了一大篇：以海水中的波浪和松梅為例，有理有據。文章獲得好評，書生考到了狀元。

　　書生回鄉途中再次拜訪寺廟中的老僧，並贈匾一塊，上題：「同君一席話，勝讀十年書」。

語文運用

例句：這次來演講的嘉賓張教授，把當前世界形勢分析得清清楚楚、頭頭是道，使我們獲益不少，真是「同君一席話，勝讀十年書」啊！

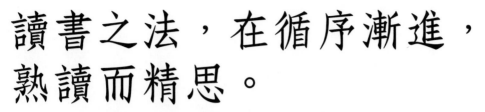

讀書之法，在循序漸進，熟讀而精思。

——《朱子全書·讀書法》

釋義：

　　讀書的方法，應該是按照一定的順序和步驟逐漸推進，不能一步登天；不僅要熟讀書的內容，而且要善於思考，領會其精髓。

故事：

　　朱熹（1130－1200年）南宋理學家、著名教育家。他自幼便熱愛讀書，十九歲就考取進士，對經學、史學、文學、音樂、自然科學等都有研究。朱熹對讀書方法深有心得，認為「為學之道，莫先於窮理；窮理之要，必在於讀書。」即是只有讀書才能認識真理、獲得學問。

　　朱熹做官僅十多年，其後辦書院講學五十年。曾有學生問他：「説到讀書的方法，應該怎樣用功啊？」朱熹回答説：「循序而漸進，熟讀而精思，這樣就可以了。」他給朋友的信中説：「讀書窮理，積其精誠，循序漸進，然後可得，絕非一旦慨然永歎，而躐等坐馳之所能至也。」意思就是：讀書求知識，必須誠心誠意，一步步來，絕不是一朝一夕之事，不按次序就想超越是做不到的。

　　朱熹更具體説明了應該如何「循序漸進」：「拿兩本書來説吧，就應先讀通了一本再讀另一本。就一本書來説，它的篇、章、文，頭和尾都是有順序的，不可亂了次序。」他還説讀書要「量力所至而謹守之」，就是要根據自己的能力和程度，切實安

排好讀書計劃，由淺入深。

　　關於熟讀精思，朱熹批評有些人讀了書「所以記不得，説不去，心下若存若亡，皆是不精不熟之患。」他主張書要反覆誦讀：「百遍時自是強五十遍時，二百遍自是強一百遍時。讀書千遍，其義自見。」要熟讀到「使其言皆若出於吾之口」，就是説要把書中的思想變成自己的思想，能體會文章的精髓，書中的話好像出自自己的口，這就把知識學到手了。

語文運用

例句：這次一年級的弟弟考到全級第一名，媽媽想讓他轉校跳讀三年級，但是爸爸不同意：「讀書要循序漸進、熟讀精思，他的基礎知識還不扎實，還是一步步來，把二年級的課程讀精學通吧！」

近義詞：腳踏實地、按部就班、融會貫通
反義詞：拔苗助長、欲速則不達、一知半解

讀書破萬卷，下筆如有神。
──杜甫《奉贈韋左丞丈二十二韻》

釋義：

　　博覽羣書，而且讀精讀透，自己提起筆來寫文章時就能得心應手，有如神助。

故事：

這句老少皆知的名言，出自杜甫寫給唐代尚書省左丞韋濟的一首詩。

杜甫（720－770年）是唐代的偉大詩人，他的一千四百多首詩作揭示社會的黑暗，同情貧苦大眾，被尊稱為「詩聖」。

杜甫二十四歲那年參加進士考試，但是落選。三年後唐玄宗下詔，有一技之長的人都來長安考試，擇優錄取當官。奸臣李林甫為了安排自己的親信，下令尚書省一個考生也不准錄取，還謊報皇帝說這次「野無遺賢」（民間的賢人都已招入朝廷）。落選的杜甫在長安很不得志，生活也艱難，曾兩次寫詩給韋左丞求助。韋濟雖然很賞識他的詩作，但是也幫不了他。

三十七歲時，杜甫決定離開長安退隱。他寫了一首長詩給韋濟告別，詩中敘述了自己的生平抱負和理想、所遭遇到的挫折以及離去的決心。詩中寫道：

「富家子弟不會餓死，清貧的讀書人卻往往耽誤了自己。我曾讀書超過萬卷，提筆寫文好似有神仙在幫我。自以為才學過人，可以做官幫助皇帝成為堯舜，使民風變得淳厚樸實。但是我

的理想落空，只得漫步吟詩，寄居在繁華的京城乞食度日，吃人家的殘羹冷肉，生活充滿悲哀辛酸。皇上下詔徵求人才，本以為這次壯志可得實現，但是大鳥展翅難飛，不幸的魚兒還是跳不過龍門。深知大人您對我很真誠，常在官員面前朗讀我的詩篇，我愧對您的重視。我內心怏怏不平。如今我要走向大海，如海鷗那樣自由飛翔，誰能來制約我？」

詩中這句「讀書破萬卷，下筆如有神」，成為鼓勵人們多讀書、寫好文章的名言。

語文運用

例句：如果你想提高寫作水平，多多閱讀是絕妙的方法。古人說：「讀書破萬卷，下筆如有神」是很有道理的。

學而不思則罔，
思而不學則殆。
——《論語·為政》

釋義：

　　學習知識卻不思考，就不能理解消化所學內容，就會迷惑不解；相反，若是不學書本上前人的經驗，而只是沒有根據的空想，就將一無所得。

故事：

孔子對學生説，他在年輕時曾整天不吃不睡，全心投入思考，但是這樣做對自己沒有好處，想想不如去好好讀書吧。荀子説他也試過全天胡思亂想一無所獲，不如拿起書來讀一會兒才學到知識，由此認識到「思而不學則殆」。

關於學習，孔子也向學生強調思考的重要，認為不加思考就學不到東西，因為「學而不思則罔」。這裏有個有趣的故事：

有一天，孔子帶學生們去向老子求教為人處世之道。老子正在閉目養神，孔子就和學生們恭恭敬敬站在旁邊等候。後來老子醒了，孔子就施禮説明來意。

老子張開嘴對孔子説：「你看看我的牙齒怎麼樣？」孔子不知道這是什麼意思，只好看了一下，老老實實回答説：「先生的牙齒差不多掉光了。」老子又伸出舌頭：「再看看我的舌頭怎麼樣？」學生們都感到莫名其妙。孔子看了看老子的舌頭，説：「先生的舌頭顏色紅潤，很健康啊！」

老子聽後沒有説話，只是點點頭，又閉上了眼睛。孔子和學生們等了很久，見老子沒有再想説話的意思，只好告辭。

回家的路上，學生們議論紛紛：「老先生不肯教，太小氣了！」「叫人看他的牙齒和舌頭，太不禮貌了！」「走了那麼多路，白跑了一趟！」

孔子聽了哈哈大笑，說：「你們沒有動腦子！老先生教了我們啊！他給我看他的牙齒，說明堅硬的東西經常互相碰撞就會損耗，所以牙齒殘缺不全；而舌頭是柔軟的，與堅硬的牙齒日夜相處，以柔剋剛，所以絲毫沒有損壞。我們待人處事不也就應該這樣嗎？」

眾人聽了，敬佩老子的智慧，也佩服孔子能從思考中學習。

語文運用

例句：兩兄弟管理農場，哥哥學了一套理論，但是機械地照搬書上知識，沒有好好思考後因地制宜去做；而弟弟卻不看書不學習，只會誇誇其談，亂出主意。結果經營農場失敗了，父親教訓他們說：學而不思則罔，思而不學則殆啊！

見者易，學者難；
莫將容易得，便作等閒看。
——《增廣賢文》

釋義：

　　看起來容易的事，自己要學會就覺得難了。不要把容易得到的東西不當一回事，一些本領都是要經過長期實踐才能練成的。

故事：

宋代有個官員叫陳堯咨（粵音知），出身官宦家庭，從小練武讀書，文武雙全，年紀輕輕就考到狀元，二十一歲就當了朝廷的官。

陳堯咨尤其擅長射箭，當時他的箭術在京城是數一數二的，他因此沾沾自喜，以為自己很了不起。

有一天，他在家裏的練靶場射箭。有賣油老翁經過此地，就放下貨擔看他射箭。陳堯咨射出的箭，十有八九中了靶心，他很得意，以為旁觀的老翁一定也會擊掌叫好。但是賣油翁只是斜眼看着他，微微點頭，不發一言。

陳堯咨心中有些惱火，便過去問老翁：「你也會射箭嗎？你看我射得怎麼樣？」

老翁不緊不慢，平淡地說：「沒什麼特別的，只是比較熟練而已。」

陳堯咨氣憤地說：「人家都說我這箭術是神乎其神的了，你居然認為沒什麼特別？」

老翁不卑不亢，平靜地說：「十次射箭只中了八、九次，沒

有十發十中，怎稱得上神乎其神？我看你還是練得不夠，技術沒到頂峯。」

陳大人哪受得了這等不敬！冷笑着説：「好大的口氣！要不你來試試，看看你的本事！」

老翁淡淡一笑道：「好，請看我的。」他從擔子中取出葫蘆豎立在地上，用一個方孔銅錢蓋着葫蘆口，然後把一勺油慢慢地穿過銅錢倒入葫蘆裏。一勺油倒完了，那銅錢居然一滴油也沒沾上。

陳堯咨看得目瞪口呆。老翁坦然説：「沒什麼奧秘，見者易，學者難。莫將容易得，便作等閒看。只是練得多了，熟能生巧而已。」（見《歐陽文忠公文集·歸田錄》）

語文運用

例句：看見溜冰場上的孩子們自由自在地滑翔，我十分羨慕，也報名去學溜冰。上第一課時才知道在冰上滑行是多麼艱難的事，真是「見者易，學者難」啊！

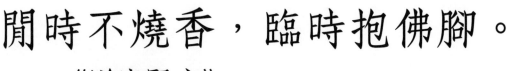

閒時不燒香，臨時抱佛腳。
——《增廣賢文》

釋義：

　　平時不努力不準備，事到臨頭才倉促應付、慌忙求人，也於事無補了。

故事：

　　東漢時期，雲南一帶是外族的聚居地，那裏的民眾篤信釋迦牟尼的佛教。有個犯了殺人罪的死囚被關進監牢，每天受到嚴刑拷打。他不堪忍受，一天晚上趁着獄卒疏忽時，掙脫了枷鎖，偷偷翻牆越獄逃走了。

　　獄官發現後，派出官兵追捕他。這個犯人在荒山野地拚命奔跑，但他既不識路，也沒有明確的目的地，只是不想被抓回去監牢。他奔跑了一天一夜，又累又餓，眼看官兵緊緊跟隨，很快就會抓到他了。

　　忽然，犯人見到眼前有座古廟，就一頭撞了進去。廟堂裏有座高大的釋迦牟尼佛像，犯人一見佛祖那莊嚴慈祥的面容，頓時被震住了——佛祖猶如在嚴厲訓斥他不該殺人害命，犯下這滔天大罪；但又好像伸開雙臂來迎接他，接納他悔過自新。犯人大徹大悟，深深悔恨前半生所作所為，他用雙手抱住佛像的兩隻腳，嚎啕大哭：「我錯了，我犯了大罪，我萬劫不復，該下地獄啊……」

　　可是他轉念一想，若是下地獄，豈不是還要與在監牢裏一樣

受到萬般酷刑？太可怕了！於是他拚命向佛像磕頭，哭叫道：「佛祖，求求你救救我吧，我誠心悔過，今後會做個好人，決不再犯錯！求求你慈悲為懷，挽救我重新做人，餘生我一定跟隨你、服侍你，做你的好弟子⋯⋯」

他邊哭邊磕頭，哭得驚天動地，磕得頭破血流。追捕他的官兵來到，見他如此誠心悔過，就押送到官府向上稟報。縣官是個虔誠的佛教徒，見他這副可憐相，動了惻隱之心，免了他的死罪，判他入寺廟當和尚。

從此，「閒時不燒香，臨時抱佛腳」的俗語流遍全中國。

語文運用

例句：你平時不好好學習，一到考試前夕才通宵溫習，這種「閒時不燒香，臨時抱佛腳」的做法不會有好效果的！

子在齊聞《韶》，
三月不知肉味。
——《論語‧述而》

釋義：

　　孔子在齊國聽到美妙的《韶》樂，喜歡得拜師刻苦練習彈奏了幾個月。他太沉迷於學習了，甚至吃肉時都說不出肉的味道。由於他專心學習，所以彈得一手好琴。

故事：

　　古代中國儒家要求學生必須掌握六種基本才能：禮教、音樂、射箭、騎馬、書法和數學（禮、樂、射、御、書、數）。儒家大師孔子收徒教學，內容就有六藝。他在音樂方面有很高的造詣，還曾拜名師襄子為師學習彈奏古琴。孔子學琴非常認真，不僅根據樂譜彈奏，而且說要「歷其境而得其志」，即是要親身去到樂曲描述的場景去體會作曲者創作的心境。他周遊列國回來後說：「我從衛國回到魯國，才認識到真正的音樂。」他把《詩經》的三百多篇作品都配了樂譜彈唱。可見孔子不但能教授《樂》，而且還精通樂理和音律。

　　民間流傳着他學琴的一件趣事：魯昭公二十五年（公元前517年），魯國發生內戰，三十五歲的孔子為躲避戰亂離開了魯國，去到齊國。他和掌管齊國宮廷樂事的太師高昭子交情很好，常常在一起切磋樂理技藝。這次，高昭子在家中為孔子彈奏了《韶》樂，孔子聽後驚為天籟，讚不絕口：「真想不到音樂能達到這種境界！」

　　《韶》樂是上古時期歌頌舜帝仁德的宮廷音樂，旋律平和優雅，深得孔子之心，所以稱讚它盡美又盡善。

於是孔子留下來要太師教他彈奏《韶》樂。他認真學習，反覆彈奏，每天練習不間斷，甚至廢寢忘食，吃飯時也心不在焉，仍是沉醉於樂曲。有一次吃飯時，家人夾了一塊肉給他吃，問他剛才吃的是什麼？他茫然不知回答，家人笑他「三月不知肉味」，連最愛吃的肉味也嘗不出來了。（見《史記·孔子世家》）

語文運用

例句：哥哥正在緊張地準備考大學，他每天早起晚睡，埋頭溫習，媽媽說他辛苦得三月不知肉味了！

一年之計在於春，
一日之計在於寅。
——《增廣賢文》

釋義：

　　生機盎然的春天是一年的開始，所以要在春天計劃全年想做的事；清晨三至五時（寅時）是一天的開始，是起身鍛煉學習的最好時光。

故事：

晉代有一位大將軍叫祖逖（粵音剔），出身官吏家庭，兄弟共六人。他小時候是個頑皮的孩子，不喜歡讀書，只愛遊逛玩耍，十四、五歲了還沒認真讀過幾本書。他的幾個哥哥都學有所成，也很有才幹，擔任官職，經常為這個淘氣的弟弟擔憂。但是祖逖性格豪爽，為人俠義，常常去農村田間，見到窮人都慷慨解囊相助，族人都認為他將來一定大有出息。

後來，祖逖見國力衰落，戰火不斷，百姓生活艱苦，他心中很難過，覺得自己現在沒有能力為國解難，意識到一定要有本領才能為國為民出力。於是他發奮讀書，又虛心向能人學者請教，學識大有長進，在官府裏擔任司州的職務。他有個同事叫劉琨，兩人志趣相投，常常在一起讀書和議論國家大事，都希望自己能使國家強大、百姓生活幸福。兩人成了好朋友，住在一起。

一天半夜，祖逖聽到窗外「喔喔喔」的雞啼聲，他叫醒了劉琨說：「你聽，公雞報曉了，天亮了！」

劉琨說：「聽人說公雞叫是一個惡兆，別理牠，睡吧！」

「那是迷信！」祖逖說：「古人說，一年之計在於春，一日

之計在於寅。清早太陽升起之時，是學習最好的時候。我們的武藝還很差，快起來練武吧！」

兩人起來練習舞劍，互相切磋幫助，覺得清晨練功的效果很好。從此他倆一年四季寒暑不斷，每天聞雞起舞，終於練成了一身好武功。兩人都成為能帶兵打仗、能文能武的大將軍，為國出征，收復了很多失地。

語文運用

例句：春回大地，萬物蘇醒，農民們每天早早下田忙着春耕播種，因為一年之計在於春，一日之計在於寅，春天適時耕作，秋天才能有糧食豐收。

人生一世，如駒過隙。
——《增廣賢文》

釋義：

　　人的一生如此短促，轉眼即過，好像白色駿馬飛也似地在狹小的縫隙前奔馳而過。

故事：

　　老子（公元前571－前471年）本名李耳，是春秋時期著名的思想家、哲學家，被尊為道教和道家的始祖。他曾經擔任周朝的守藏室官員，管理書籍資料；後來在戰亂中，因大量典籍被帶去楚國，老子被免職。於是他就去邢台廣陽山清心隱居，與孔子有來往。

　　老子以「道」解釋宇宙萬物的演變，認為「道」是永恆的客觀自然規律，「獨立不改，周行而不殆」；認為一切事物都具有互相矛盾的正反兩面，對立的兩面會互相轉化，事物都是「有」和「無」的統一⋯⋯這些都是樸素的辯證法觀點。政治方面，他主張以「無為而治」建立一個和諧的社會。他的著作《道德經》被認為是道教經典，對中國乃至世界都產生了深遠的影響。

　　有一次，比老子年輕二十歲的孔子專程去向老子請教，問他什麼是「至道」。老子要孔子先齋戒沐浴，以示誠心，然後兩人坐下暢談。

　　老子說：「人生天地之間，若白駒之過隙，忽然而已。」意思是每個人的生命都極為短暫，好比我們站在一條縫隙中，看

到一匹白色的駿馬在縫隙前面飛馳而過，還沒看清牠就轉眼消失了。這是老子對於人生和時間的思考。

他又說：「死，是人從有形轉化為無形，但是『道』是精神，將會永遠留存在人世間的。這就是『至道』。」

比他們小一輩的莊子（公元前369－前286年）繼承發揚了老子的思想，後人合稱他倆為「老莊」。莊子著作有十多萬字，大部分是輯集了老子的言論，在《莊子・知北遊》中就撰寫了「人生天地之間，若白駒之過郤，忽然而已」，後來逐漸演變為「人生一世，如駒過隙」這句名言，並收錄在《增廣賢文》內。

語文運用

例句：雜交水稻之父袁隆平，九十歲高齡時還在稻田忙碌。他認為「人生一世，如駒過隙」，要抓緊時間為實現「雜交水稻覆蓋全球夢」而努力。

近義詞：似水流年、光陰似箭、日月如梭
反義詞：度日如年

枯木逢春猶再發，
人無兩度再少年；
鶯花猶怕春光老，
豈可教人枉度春。
——《增廣賢文》

釋義：

　　枯萎了的樹木到了春天還會發出新芽新葉，但是人的少年時光只有一次而已。黃鶯和鮮花都怕春天消逝，我們怎能白白虛度青春呢？

故事：

　　上世紀五、六十年代，在中國流行着一首非常動聽的歌曲《青春舞曲》，它不僅有着活潑輕快的旋律，而且歌詞富有哲理，引人深思：

太陽下山明朝依舊爬上來，花兒謝了明年還是一樣的開，

美麗小鳥一去無影蹤，我的青春小鳥一樣不回來。

（副歌：別的那呀呀喲，別的那呀喲，我的青春小鳥一樣不回來！）

冰雪消融春風就會吹過來，風雨過後陽光依舊放光彩，

美麗小鳥一去無影蹤，我的青春小鳥一樣不回來。

（副歌同上）

下山的太陽清晨一早爬上來，山河春回大地花盛開，

美麗小鳥飛去又飛來，願我的青春永遠留下來。

別的那呀呀喲，別的那呀呀喲，願我的青春永遠留下來！

　　這首歌的歌詞和歌曲都出自中國著名民族音樂家王洛賓之手。他在歌中讚歎每天清早東升的太陽和每年春天盛開的花朵，

但是與之對比，哀歎自己的青春年華卻是像小鳥那樣一去不復返，想要永遠留住青春是不可能的事。其含意恰是與古人教導我們要珍惜青春時光的警句「枯木逢春猶再發，人無兩度再少年；鶯花猶怕春光老，豈可教人枉度春」不謀而合，有着異曲同工之妙！

王洛賓（1913－1996年）能寫出這樣意義深刻的警世歌詞，是出自他坎坷經歷的體會。他是北京人，自幼喜愛音樂，在大學專修聲樂和樂器，能演奏多種中西樂器，畢業後曾長期居住在西部青海新疆一帶地區。1938年他改編了第一首新疆民歌《達坂城的姑娘》，大受歡迎，自此他全力投入西部民歌的創作。但是，正值他可以大有作為的青年時期，卻因一些歷史背景和家庭問題而遭受到種種不幸——妻子離去，自己被屈入獄，才能不得發揮。《青春舞曲》雖然是首輕快的歌曲，卻是王洛賓在內心極度傷感之時寫下的。他觸景生情，眼見自己的青春年華悄然逝去，卻不能盡情運用自己的才能做自己心愛的事，心痛不已。

所以他出獄後抓緊時機，展開人生「從今譜新曲」的另一階

段。他在新疆各地收集整理民歌民調，共編寫了七百多首西北地區的民歌，出版了八部歌曲集，幾首膾炙人口的情歌《在那遙遠的地方》、《半個月亮爬上來》、《可愛的一朵玫瑰花》等在海內外廣為流傳，成為多位著名中外歌唱家的演唱曲目，使中國西部民歌揚名全世界。

語文運用

例句： 別看這棵老樹已經掉光樹葉好像枯萎了，待到明年春天萬象更新時，它一定會枯木逢春猶再發，到時又將是生氣勃勃的了……但是可惜人無兩度再少年！

莫等閒，
白了少年頭，
空悲切。
——岳飛《滿江紅》

釋義：

　　不要一事無成浪費了大好的少年時光，回頭徒勞傷心也沒用！

故事：　　　　　　　　　　　　　　　　故事類型：**名人故事**

　　岳飛（1103－1142年）是南宋抗金名將，能文能武的民族英雄。他出身貧寒，但自少勤奮學習，每天拾柴火在晚上點燃照明讀書，甚至通宵不眠；並苦練武功，曾向名師周同學習射箭，有次師父射中靶心，他一箭射去，射中師父的箭尾！

　　少年時代，岳飛的家鄉被金兵佔領，岳飛義憤填膺，應召參軍抗金。離家前夕，母親在他背上刺上「精忠報國」四字，鼓勵他奮勇殺敵。

　　岳飛聯合抗金義軍配合朝廷軍隊，英勇奮戰，收復許多失地。他在當地興辦屯田，安撫百姓，建立抗金基地，被授予清遠軍節度使。公元1127年，金軍攻破京城，徽、欽兩帝被俘虜，北宋亡。宋高宗遷都建南宋。岳飛多次領軍北伐殺敵，屢建戰功，敵人聞風喪膽，傳說「撼山易，撼岳家軍難！」

　　岳家軍打到離北宋舊都汴京只有四十五里時，金兵紛紛逃亡或投降。岳飛見勝利在望，正想乘勝追擊收復中原。在此關鍵時刻，朝廷內投降派丞相秦檜與金人勾結，一心要議和，就慫恿宋高宗在一天之內連發十二道金牌，把岳飛從戰場召回來，解除了

他的兵權。後來，秦檜更以莫須有的罪名誣衊岳飛謀反，捕他入獄並賜死。此時岳飛年僅三十九歲。二十年後，宋孝宗才為岳飛昭雪。

其實，岳飛在公元1136年第二次北伐時，就已發現自己孤軍作戰，得不到朝廷的糧草和援兵，因此不能繼續作戰。在悲憤的心情下，他寫下了千古絕唱的愛國詩詞《滿江紅》。詞中有一句「莫等閒，白了少年頭，空悲切！」悲歎自己壯志未酬，也激勵年輕人要趁早有所成就，切莫虛度青春年華。

語文運用

例句：年輕人不要學什麼「躺平」，要趁身強力壯之時多多學習，認定努力目標去實踐，不然會後悔莫及的。莫等閒，白了少年頭，空悲切！

明日復明日，明日何其多，我生待明日，萬事成蹉跎。

——錢福《鶴灘集·明日歌》

釋義：

明天一次次來到，我們有很多個明天；假如把今日該做的事總等到明天去做，那就蹉跎光陰，一事無成了。

故事：

　　明代有位古怪的文人錢福（1461－1504年），因為家住上海松江鶴灘附近，所以字號鶴灘。

　　錢福是個神童，從小就通詩文，七歲就會著文寫詩。後來考取了狀元，擔任翰林院修撰員，當時他所寫的文章被人傳頌一時。但錢福脾氣很怪，很不合羣，他又喜歡喝酒，經常喝醉了就言不擇詞地批評別人，弄得別人下不了台，所以很多人不喜歡他。在翰林院三年後，他厭倦了官場生涯，就以生病為由辭官退隱。

　　他著有《鶴灘集》，其中有首詩《明日歌》，是錢福以自己為例告誡世人，要珍惜眼前的每一天，活在當下，不要把該做的事情總是推到明天。詩文如下：

　　明日復明日，明日何其多。

　　我生待明日，萬事成蹉跎。

　　世人若被明日累，春去秋來老將至。

　　朝看水東流，暮看日西墜。

　　百年明日能幾何？請君聽我《明日歌》。

　　全詩的文字淺白流暢，語言通俗易懂，流傳很廣。它道出了常人的通病——把今天該解決的難題，以明天再解決為藉口而逃避，萬事都推到明天做；一天又一天過去，春去秋來，一年又一年，光陰如流水般消逝，你能有多少個明天？最終蹉跎了自己的青春，後悔不已。

　　正如清代學者錢泳説：「現在的年輕人一遇到事，首先是説『我不會』，這是很錯的，你去做才能學會做，不去做怎麼學會呢？然後又動不動就説『等明天再做吧！』這也是錯的，什麼事都拖到明天，會耽誤終身的。鶴灘先生的《明日歌》就説得很妙，教導年輕人不要懶惰，不要放任自己，今日事今日畢……」

語文運用

例句：有時候弟弟做功課做得累了，就説：「我要睡了，明天早些起身再做吧！」爸爸告訴他説：「明日復明日，明日何其多？今天的事今天要做完，打起精神來，集中注意力，你很快就能做完的！」

處事待人篇

四海之內皆兄弟。

——《論語·顏淵》

釋義：

「四海」是指全國、天下。意思是天下的人都像兄弟一樣友愛和諧，親如一家。

故事：

孔子七十二名弟子中，有一位叫司馬牛，是宋國山東人，家裏是世襲大夫。他一家人都在宋國做官，弟兄幾人都是受俸祿的大夫。大哥司馬魋（粵音頹）是高官，是個很霸道的壞人；他的野心很大，想殺君王篡位，犯上作亂，幾個弟弟都在幫他。唯有善良正直的司馬牛因為拜孔子為師，讀書修道，信奉儒家學說，所以不支持他們。

司馬魋曾經私自在住宅周圍建造圍牆，孔子批評他這樣做是不合禮法的。司馬魋很恨孔子，要追殺他，逼得孔子只好帶着弟子逃離宋國。

司馬牛見哥哥們都做壞事，便放棄封地，辭官離開宋國到了衞國；司馬魋叛亂失敗，全家逃到衞國，司馬牛就轉到齊國；後來司馬魋也到齊國，司馬牛就去吳國。他避開這個壞哥哥，不與他共事。

因為這些家事，司馬牛心中很亂。他去魯國見孔子，問孔子怎樣做君子。孔子回答說：「君子不憂愁，不害怕。」

司馬牛不明白，問：「不憂愁，不害怕，就是君子了嗎？」

孔子解釋說：「君子經常反省自己，問心無愧，所以無憂無懼。所謂『君子坦蕩蕩，小人長戚戚』。」

辭別了孔子，司馬牛心中還是感到很憂愁。他見到師兄子夏，子夏善於思考，凡事都有獨到看法，所以大家有事都愛與他商量。司馬牛歎口氣對子夏說：「人人都有兄弟，都很開心；唯獨我沒有，我很傷心。」

子夏安慰他說：「我聽說生死有命、富貴在天。君子只要做到內心存敬意，行為不出差錯，對人謙恭，合乎禮節，那麼，四海之內皆兄弟也，普天之下都是你的兄弟，何必發愁沒有兄弟呢？」

語文運用

例句：亞洲青年聯歡節結束了，告別時各國青年都依依不捨，這個星期內大家相處融洽愉快，真是四海之內皆兄弟也！

有朋自遠方來，不亦樂乎。
——《論語‧學而》

釋義：

志同道合的朋友老遠來探訪我，不也是很高興的事嗎？

故事：

關於這句話，一般人的理解都是歡迎遠道而來的朋友。但是儒學大師朱熹告訴我們，這句話要與它前後的兩句聯繫起來看。全文是：「學而時習之，不亦說乎？有朋自遠方來，不亦樂乎？人不知而不慍，不亦君子乎？」

這是《論語・學而》的首句。《論語》以語錄體和對話文體記錄了孔子和他弟子的言行，集中體現了孔子的政治主張、道德觀念和教育原則，教導人們如何為學為人為政，被奉為儒家學派的經典著作之一。《學而》是《論語》的第一篇，朱熹評論它是「入道之門、積德之基」。

這三句話圍繞着學習來說，用的是反問的句式：

「學而時習之，不亦說乎？」──學到了新知識，時常去溫習並實踐，不也是一件很開心的事嗎？（利己）

「有朋自遠方來，不亦樂乎？」──同門的學者、志同道合的朋友從遠方來我這裏請教，一起琢磨研究學習，不也是一件很快樂的事嗎？（利他）（古文的「悅」是內心高興，「樂」是表現出來的高興）。

「人不知而不慍，不亦君子乎？」——別人不明白道理、不了解我、社會不採用我的主張，我也不生氣不惱怒不怨恨，這不也是有德的君子嗎？

這三句話不是孤立的，而是相互連貫表達一個意思—孔子——生學習和奉行周禮，他的理想是把周公開創的禮樂文化體制傳承下來、推廣開去，使人人受到教育成為溫良恭儉讓的正人君子，使君主成為開明的賢君。因此他辦私學廣收弟子，周遊列國宣傳自己的主張。他學而不厭、誨人不倦，不怕艱難困苦和挫折，一直堅持走自己的正道。這正是孔子偉大之處。

語文運用

例句：來自各國的病理科學家明天就要相聚一堂，交流研討對付疫情的方法，肯定我們會獲益匪淺。有朋自遠方來，不亦說乎？

道不同，不相為謀。
——《論語·衛靈公》

釋義：

理想和志趣都不相同的人，不能在一起籌劃和共事。

故事類型：**名人故事**

故事：

東漢時代，有兩個年輕人管寧和華歆（粵音陰），他們是同學也是好朋友，朝夕在一起，都想學好本領報國。

有一天，他倆在菜園裏用鋤頭除草，一鋤下去，翻出一片金燦燦的黃金！管寧對這片黃金視而不見，繼續翻土除草；而華歆欣喜地拾起金片翻來覆去欣賞，但他見到管寧的淡漠神色後，便把金片扔在一邊，繼續工作。

又有一次，兩人在房裏坐在一條草蓆上一起讀書。忽然門外響起鑼鼓樂聲，原來是高官達人坐着華麗的馬車經過。管寧目不斜視，照舊心平氣和地看書；而華歆卻放下書本興致勃勃地往外跑，説：「去看看熱鬧！」

管寧看在眼裏，心中很不舒服。等華歆回來後，管寧拿起剪刀把草蓆從中間一剪為二，説：「看來你不是我的朋友！道不同，不相為謀。」從此兩人分道揚鑣，各走各路。

管寧是春秋時代齊國名相管仲的後代，在漢朝末年以其學問和品行被奉為著名的高士之一。他性情恬靜，淡泊名利，曾與幾位朋友四周遊學。戰亂時他在山上草廬隱居，講學經書，很受學

士們歡迎。中原恢復平靜後，官府曾多次派人帶着厚禮去邀請他出來做官，還準備了侍從、車輛和廚子。但他堅決不接受，繼續自己的教學生涯，到八十四歲離世。

而華歆在漢桓帝時出任尚書令，曹操進攻吳國時任命華歆為軍師。華歆支持曹丕即位，曹魏時升到司徒、太尉。他一生為官，但為人清廉，沒忘年輕時的理想和抱負；還曾推薦管寧出任官職，但遭婉拒。（見《世説新語》）

語文運用

例句：這兄弟倆是個性完全不同的人，哥哥熱衷於從政，參加了黨派活動，還想競選議員；弟弟卻醉心於藝術，不過問政治。兩人説話總是説不到一起。真是道不同，不相為謀！

天時不如地利，
地利不如人和。
——《孟子‧公孫丑下》

釋義：

　　雖然天氣和時機都有利作戰，但是比不上險峻的地形和堅固的城池；有利的地理形勢又比不上人心所向、團結一致。

故事：

　　孟子用作戰為例解釋：假如你趁着合適的天氣去攻打一座方圓三里、寬七里的城，卻沒能取勝，那是因為有利的氣候條件比不上有利的地形；雖然城牆很高、護城河也很深，又有精良的武器裝備和充足的糧食，但是假如守城官兵心不齊，不顧百姓棄城而逃，那就會被打敗，因為有利的地理形勢比不上人心的團結合作。所以「天時不如地利，地利不如人和」，三者中「人和」是最重要的。

　　荀子從農業生產的角度，說明天、地、人三者的關係：農夫力量弱小、能力也有限，但如果適應農時耕作、土地肥沃、人力分配得當，那就不會耽誤百樣農事，得到好收成。這裏荀子把天時、地利、人和三者並重，認為缺一不可。

　　三國時期，劉備三顧茅廬，請教隱居山中的臥龍先生諸葛亮如何能得天下，諸葛亮當時就向劉備分析了天下形勢：「曹操看準時機挾天子以令諸侯，擴張了自己的權勢，稱霸北方，這是借助了天時；孫權在江東守着險要的長江，佔有地利。目前都不能動他倆。您雖然現在沒有根據地，但您是皇室宗親、信義天下，

又廣結英雄、思賢如渴，向來在民眾間享有盛譽，這是最重要的人和條件。您先伺機取得荊州和益州，一旦您出兵打關中，百姓肯定會歡迎您跟隨您，到時就可以取得天下、復興漢室了！」

可惜的是，佔有重要人和條件的蜀國最終未能一統天下，因為內部的一些矛盾，領導層將領未能配合，以致諸葛亮的「隆中對」策略半途而廢。而北方的曹魏卻巧妙爭取到天時、地利、人和三方面的配合，最終平定了天下。

語文運用

例句：這次我國女排出戰北歐，雖然不習慣那裏的嚴冬天氣，也不熟悉周圍環境和場地，但是全隊齊心協力、鬥志昂揚，終於奪得金牌而歸。可見天時不如地利，地利不如人和啊！

兩人一般心，有錢堪買金；
一人一般心，無錢堪買針。
——《增廣賢文》

釋義：

　　兩人如果能夠同心協力做事，可以賺到很多錢來買黃金；假如每人一個心思，沒有互相協作，那麼就連買一根針的錢也不會有。

故事：　　　　　　　　　　　　　　　故事類型：**名人故事**

　　南朝時代，邊疆地區有個少數民族王國叫吐谷渾，首領是阿豺。阿豺英明能幹，與中原地區對峙的南北政權都睦鄰修好，時常派使節去進貢，因此多年無戰事。國內百姓得以休養生息、發展經濟，吐谷渾成為邊疆的一個強國。

　　公元426年，年邁的阿豺病重在牀，知道自己的日子不多了，應該解決繼承人的問題。他自己有二十個兒子，但是他更看重哥哥的兒子慕璝，因為慕璝才德皆備，也有能力，是自己二十個兒子都比不上的。開明的阿豺心中選定了慕璝繼承王位，但是他擔心自己的兒子們會不服慕璝而各自為政，這樣王國的命運就危險了。

　　於是阿豺把二十個兒子叫到牀前，明確告訴他們以國事為重，立慕璝為王位繼承人。慕璝比較年長，平時也善待這些同宗弟弟們，所以阿豺的兒子們都沒有反對。

　　阿豺叫人給二十個兒子每人一枝箭，要他們拿在手中折斷，兒子們很容易就做到了。然後阿豺又叫人拿來二十枝箭，用帶子捆成一束，要兒子們輪流試着把這束箭折斷。這些兒子都是身強

力壯的年輕人，平日都練武成習，個個都是大力士，但是手拿着這束箭，卻是一籌莫展，怎麼也折不斷。

阿豺就對他們說：「看見了吧，單枝箭很容易被人折斷，而多枝箭合在一起就誰也折斷不了。兩人一般心，有錢堪買金；一人一般心，無錢堪買針。只要你們大家團結合作，齊心協力，王國就能安定穩固。」

阿豺死後，兒子們都擁慕璝為王，合力支持他，吐谷渾越來越強盛，到了唐代就正式成為藩國。（見《魏書·吐谷渾傳》）

語文運用

例句：這夫妻倆白手起家經營小食攤，幾年過去居然也賺到了第一桶金，可以買下舖位開店了，真是應了古訓「兩人一般心，有錢堪買金」啊！

近義詞：二人同心，其利斷金；萬眾一心；同心同德
反義詞：各自為政、四分五裂、分庭抗禮

人之相識，貴在相知；
人之相知，貴在知心。
——《孟子·萬章下》

釋義：

　　人們互相認識，重點在能夠彼此了解；而彼此了解，重要的是能深知對方的內心世界。

故事：

漢武帝時，漢朝與北方匈奴不時有衝突，雙方都曾扣押來使。公元前100年，匈奴單于（單，粵音禪）怕漢朝攻打，便送還以前扣押的漢使數人；漢武帝為表示善意，派遣中郎將蘇武護送扣押在漢的匈奴使者回去。

誰知匈奴內部發生兵變，牽連到蘇武。單于扣留了蘇武，流放他到北海放羊，說：「等到公羊能生下小羊，才放你回去。」

李陵是著名飛將軍李廣的長孫，在漢朝曾與蘇武同為侍中。李陵善於騎馬射箭，武藝高強，又善待士兵，深得部下敬愛。天漢二年（前99年），漢軍攻打匈奴，漢武帝命令李陵帶領五千人馬負責輜重（輜，粵音姿），為作戰部隊提供後勤支援、補給等。在戰鬥中，李陵深入匈奴陣地，援軍卻遲遲未到，面對比自己軍力多數十倍的強大敵軍，寡不敵眾敗下陣來，李陵被俘。

漢武帝聽信謠言，說李陵協助匈奴訓練軍隊，大怒之下殺了李陵的三代家族，斷了李陵與漢朝的聯繫。

匈奴單于曾派李陵去北海見蘇武，勸蘇武歸順匈奴。蘇武直陳自己的愛國之心，表示決不會投降。李陵很明白蘇武的心意，

也很佩服。前81年，留居匈奴十九年的蘇武得以回國，李陵設宴為他慶祝，席間李陵邊歌邊舞感歎自己的命運。

蘇武回國後寫信給李陵，勸他回歸漢朝。李陵寫了一篇著名的散文《答蘇武書》回覆他，文中李陵敘述了自己當年浴血奮戰後出於無奈降敵的經過，表達了身處異域對故國的懷念，感謝蘇武對自己的關懷，歎道「人之相知，貴在知心」。

李陵和蘇武雖然命運的結局各不相同，但是兩人心靈相通，深深了解彼此的愛國情懷，同情各自的悲慘遭遇，是一份珍貴的友情。

語文運用

例句：人之相識，貴在相知；人之相知，貴在知心。你有這麼好的朋友，媽媽真為你感到高興！

近義詞：知己知彼、將心比心、刎頸之交
反義詞：泛泛之交、視同路人、若即若離

求人須求大丈夫，
濟人須濟急時無。
——《增廣賢文》

釋義：

　　想求人幫助時，應去求真正的好人；救濟別人時，要救濟那些急於救濟的人

故事：　　　　　　　　　故事類型：**聖賢故事**

　　公元前551年，孔子隨魯定公去齊國談判，雖然魯國的國力不如齊國，但是孔子據理力爭，為魯國要回了汶陽一地。由於此事，孔子的名聲大振，第二年被任命為魯國的大司寇。

　　大司寇主管國家的政法之事，代行宰相一職。這段時期孔子能以文化人身分「得君行道」，是他實現理想的第一步，所以那幾年是孔子人生最得意的時光。

　　冉有（冉，粵音染）是孔子的總管，負責出納。冉有能幹而且多才多藝，孔子很信任他。有一次，孔子派弟子子華到齊國去做外交工作。冉有與子華的關係很好，於是對孔子說：「子華出差在外，我們給子華母親一些小米作補貼吧。」

　　孔子同意，說：「給她六斗四升。」因為孔子知道子華的家境不錯，他母親沒有衣食之憂，稍給些饋贈就可以了。

　　冉有覺得太少了，請求道：「再加一些吧。」

　　孔子就說：「那就再加二斗四升。」

　　但是冉有假公濟私，擅自給了子華母親八百斗米，相當於子華一年的薪俸。

　　孔子知道這事後很不高興，認為冉有的做法有私心、不合規矩。他對冉有說：「子華這次去齊國是有薪俸的，他坐肥馬拉的華麗馬車，身穿高貴輕軟的皮袍，沒虧待他啊！我聽說過這樣的話：濟人須濟急時無。君子只周濟他人的急難，幫人只幫急，不去無謂地增加他人的財富，使有錢人更有錢。」這就是「君子周急不繼富」的道理。

語文運用

例句：姑姑得了重病，正為昂貴的醫藥費發愁，你及時送上一筆錢，濟人須濟急時無，做得很好！

近義詞：雪中送炭、扶危濟困
反義詞：錦上添花

長江後浪推前浪，
世上新人趕舊人。
——《論語·學而》

釋義：

　　長江裏的水，後浪推着前浪不斷前進；同樣，世上的人也總是一代接着一代，不斷超越不斷進步。

故事：

南北朝時，北魏有位文人叫李謐（粵音物），家中藏書萬冊，自己從小博覽羣書，十三歲就精通《孝經》和《論語》，人人稱他是神童。他原本有位老師，但老師見李謐的學問越來越精湛，自己教不了他，便推薦十八歲的李謐去拜當地著名學者孔璠（粵音凡）為師，說：「方圓百里之內，也只有這位博士能教你了」。孔璠見他眉清目秀，一臉聰慧，交談後覺得他很有悟性，學術基礎也扎實，就收下這位弟子。

有一次，李謐在孔家學得晚了，孔璠就留他住宿一晚。第二天早上孔璠起身後見書房的燈還亮着，原來李謐讀書讀了一整夜。孔璠被他的勤學精神感動，心想：「這樣努力的學生，將來一定有出息。」

李謐刻苦學習，又虛心好學，進步很快，幾年後他的學問竟然超過了老師孔璠。但是他很謙虛，在老師和同學面前從不表現出過人之處。孔璠見他品學兼優，很感欣慰。

有一次，孔璠在做學問時遇到了難題，不得其解。他是個開明通達的學者，覺得李謐常常有獨到的見解，便去求教他。李

謐感到很為難，不敢在老師面前說出答案，不想表現得比老師高明，所以支支吾吾地不肯說。孔璠真誠地開導他說：「孔子說過『三人行必有我師』，在某一方面誰強誰就是老師。長江後浪推前浪，世上新人趕舊人，你不必顧及我的面子！」

學生們就此事寫歌：「青成藍，藍謝青；師何常，在明經。」意思是說從蓼藍裏提煉出來的青色，比蓼藍的顏色還深；師生關係不是不變的，目的在於弄明白經典意義。以此比喻學生勝於老師，後輩超過前輩。（見《魏書卷九十》）

語文運用

例句：爸爸原是國家乒乓球隊隊員，年紀大後就退休擔任教練。隊裏出現了好幾位年輕有為的新手。真是「長江後浪推前浪，世上新人趕舊人」啊！

近義詞：青出於藍而勝於藍
反義詞：每況越下

愚者千慮，必有一得；
智者千慮，必有一失。

——《增廣賢文》

釋義：

　　愚蠢的人假如認真反覆思考問題，必定有成功的希望；而聰明的人雖然考慮周全，也難免有疏忽大意之處。

故事：

　　春秋後期，齊國的名相晏子是著名的政治家和外交家。他愛國憂民，生活樸素清廉，處處為百姓生計着想；為人處事公平正直，深受羣眾擁戴。

　　有一天午飯時分，齊景公的使者來晏子家找他，晏子邀請他一起吃飯。但是晏子家不富裕，桌上的飯菜很普通，量也不多，結果吃完了所有飯菜，使者和晏子一家人都沒有吃飽。

　　使者親眼所見晏子家的清貧情況，回去之後，他向景公作了報告。

　　齊景公感歎道：「哎呀，真沒想到晏子家這麼窮！不了解情況，是我的錯啊！」

　　於是他馬上派人給晏子送去很多錢，而且還決定給晏子一些特權，讓他可以多收稅錢和租金，增加收入，以後招待賓客就時不會那麼窘迫。

　　使者再次來到晏子家，告訴他齊景公的決定。但是晏子回答說：「我過得很好啊，不能接受這些饋贈和特權。」

　　使者回去向景公匯報，景公讓使者再次送去，晏子還是拒不

接受。

晏子親自去對景公解釋：「國君賜給我的俸祿，已經足夠我照顧全家的生活開支，也能招待我的親友，甚至還有盈餘去救濟一些百姓。我已經很滿足，不需要什麼了。」

齊景公説：「當年先君桓公把五百社的人口和土地賜給管仲，管仲沒有推辭。現在我僅僅給你一點賞賜，你卻不接受，這是為什麼呢？」

晏子回答説：「我聽説，愚者千慮，必有一得；智者千慮，必有一失。聰明智慧的人考慮問題雖周密，也難免有疏忽的時候；愚笨的人多多考慮，也許就有可取之處。當年管仲可能也有考慮不周的過失，而我的考慮也許有可取之處吧！」（見《晏子春秋》）

語文運用

例句：諸葛亮北伐時，不聽老將勸告，委派了沒有作戰經驗的馬謖守住街亭。結果丟了街亭，斬了馬謖，這叫「智者千慮，必有一失」。

來說是非者，便是是非人；
是非終日有，不聽自然無。
——《增廣賢文》

釋義：

　　喜歡說別人是非的人，本身就是製造是非的人。說人是非的話每天都有，不去理會自然就消失了。

故事：

故事類型：**民間故事**

　　有一對父子，家中養着一頭驢子。有一天，他們要出遠門去探親，考慮到離家後驢子沒人照看，便想帶着驢子一起走。

　　父子倆牽着驢子走了沒多遠，迎面走來一羣小姑娘。她們見到父子倆和驢子指指點點笑着説：「怎麼這樣蠢？有驢子不騎，真是兩個大笨蛋！」

　　父親對兒子説：「我們不要讓別人説蠢，兒子，你騎上去吧！」

　　兒子騎上驢子沒走多遠，迎面走來一位老人，見了他們就指責兒子説：「你怎麼沒孝心的？怎麼能自己騎驢，讓父親走路呢？」

　　兒子對父親説：「我不要讓別人説不孝順，爸爸，你騎吧！」

　　父親騎上驢子，兒子步行。走沒多遠，迎面來了一個懷抱嬰兒的婦女，見了他們就嚷：「這個爸爸怎麼對待孩子的？自己騎驢，讓孩子走路，真沒有愛心！」

　　父親立刻跳下驢子，對兒子説：「你騎也不對，我騎也不對，那就我們倆一起騎吧！」

父子倆一起騎上驢子沒走幾步路，經過的路人紛紛指責他們：「兩人騎一頭這麼瘦弱的驢子，虐待動物，不仁不義！」

父子倆趕快下來，父親説：「我們怎麼做都不對，説我們不智不孝不仁不愛！我們誰也別騎了，抬着牠走吧！」

父子倆找了一條棍子綁起驢子的四隻腳抬着牠走。驢子不甘被綁，不斷掙扎，等到他們走上一座橋時，驢子掙脱了綁繩，一頭掉下了水，淹死了。

兒子責怪父親聽從別人説的是是非非，最終害了自己和驢子。父親歎道：「來説是非者，便是是非人啊！」兒子補充一句：「是非終日有，不聽自然無！」

語文運用

例句：這件事是對是錯還是要你自己拿主意，別被旁人説這説那影響了你。是非終日有，不聽自然無！

近義詞：人言可畏、議論紛紛、説長道短
反義詞：我行我素、充耳不聞

一人道虛，千人傳實。
——《增廣賢文》

釋義：

　　一個人說了一件不真實的事，但是經過一千人傳播，大家就會相信這事是真實的了。

故事：

　　春秋戰國時代，各國之間的征戰不斷；外交上常常用「連橫」（聯合強者對付弱者）」及「合縱」（聯合弱者對付強者）的方法改變敵友形勢。為了拉攏、取信對方，一國往往把太子送到別國作為人質。

　　魏國和趙國本來結盟共同對付秦國，但兩國的關係很緊張，不時有些摩擦。魏惠王為了表示自己會信守諾言不發動戰事，就把太子送過去當人質，並派大臣龐恭同行。

　　龐恭知道朝廷中經常有一些小人向惠王進讒言，想毀謗他和太子。這次去趙國不知何時才能回國，他擔心惠王會聽信這些讒言。於是他去見魏惠王，想用比喻的方式提醒惠王要警惕謠言。

　　龐恭問惠王：「假如有人對你說，街上有老虎，你相信嗎？」

　　「我不信。」惠王說。

　　「假如第二個人又來說，街上有老虎，你信嗎？」龐恭接着問。

　　「那我就有點疑惑了。」惠王答道。

　　「假如還有第三個人來說，街上有老虎，你會相信嗎？」龐恭追問。

「那我就相信了。」惠王説。

龐恭趁機開導説:「大街上本來是沒有老虎的,一人説有虎,大家不會相信。但是説的人多了,謠言就越傳越像真的,人們就不得不相信了。一人道虛,千人傳實。大王,趙國離這裏比大街遠啊,大王身邊的人也不止三個。我走了之後,可能有很多人在你耳邊説三道四,大王要明察秋毫啊!」

魏惠王説:「我心中明白。」

龐恭走後,果然很多人跟惠王説他和太子的壞話。惠王起初不信,日子久了便也信以為真。太子和龐恭回國後都得不到重用,惠王甚至都沒接見他們。(見《戰國策‧魏策二》)

語文運用

例句:我們聽到一些不確實的消息不要立即傳播出去,以免造成「一人道虛,千人傳實」的情況,三人成虎的教訓要記住啊!

近義詞:人云亦云
反義詞:充耳不聞

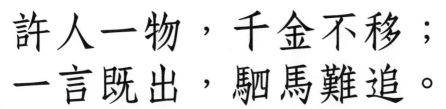

許人一物，千金不移；
一言既出，駟馬難追。
——《增廣賢文》

釋義：

　　答應要給人東西，即使有千兩黃金誘惑，也不應改變主意。
説出了口的話，就不能反悔，即使有四匹馬拉的車也追不回來。

故事：

　　季札（粵音扎）是周朝吳國人，吳王壽夢的第四子。他是個品德高尚的翩翩君子，雖然出身貴族，但不圖名利權勢，知書達理，為人仁義，深得父兄喜愛。壽夢想把王位傳給季札，他堅決不接受，竟然離開了妻兒，去農村耕田。壽夢就對其餘三個兒子說：「你們就把王位傳承規定為按照兄弟順序，這樣他以後就一定要接受了。」

　　老大繼承了王位，十二年後戰死沙場；老二接位，四年後身亡。應該輪到老三即位，老三邀請季札回來繼承，季札還是不肯。十七年後，老三病重，臨死前按照規定要把王位傳給季札，季札跑到邊疆地區躲了起來。

　　三十多年內季札三次推辭繼位，把王位讓給三個哥哥，他說要學習先賢謙恭守禮的德行，做一個真正的君子。

　　季札也是出色的外交家和政治家。他曾多次奉命出使魯、齊、鄭、衛、晉五國，與各國的君主重臣暢談政事，促進相互了解，建立友好關係。

　　季札重視信義。有一次他途徑徐國，徐國國君見到季札身佩罕有寶劍，非常羨慕，但不好意思開口索取。季札看出了他的心

意，但因為他還要出訪其他國家，當時不便送出自己的劍。等到他回國時，特地又去徐國，但是徐君已經逝世，季札非常傷感，他解下寶劍掛在徐君墓旁的松樹上。隨從問他為何這樣做？季札說：「我內心早就答應把寶劍贈送給徐君，這是我心中許下的誓言，怎能因他過世而違背自己的許諾呢？許人一物，千金不移；一言既出，駟馬難追。」

季札掛劍傳為美談。比季札小二十歲的孔子都拜他為師，稱他是大聖人。

語文運用

近義詞：言而有信、一諾千金、人無信不立
反義詞：輕諾寡言、言而無信

養兵千日，用在一時。
——《增廣賢文》

釋義：

　　平時供養訓練軍隊，到關鍵時刻就用以作戰；平日積蓄力量，必要時用出來。

故事：

　　孟嘗君本名田文，齊國宗室大臣，是戰國有名的四公子之一。他繼承了父親田嬰在薛城的田產，家資豐厚；他又愛結交朋友，所以廣招各地而來的賓客食客三千多人。食客之中各式各樣、各行各業的人都有，有人在他門下飽食終日、無所事事，孟嘗君也不計較。

　　秦昭王聽說孟嘗君的名聲很大，就招他到秦國，想拜他為相。但有人勸他不要這樣做，因為孟嘗君是齊國人，當了秦國的丞相會替齊國辦事。昭王覺得有理，便扣押了孟嘗君準備殺了他。

　　跟隨孟嘗君的食客們紛紛想方設法，找人求情救他出來。昭王的寵姬說她可說服昭王放了他，條件是要把孟嘗君的一件白狐裘送給她。但是這件狐裘已經送給了昭王，拿不回來了。此時，一名平日不起眼的食客說：「我能把狐裘拿回來。」原來他原是慣盜，擅長偷雞摸狗。當晚他果真偷出了這件白狐裘，轉送給了寵姬。

　　寵姬沒食言，花言巧語說服了昭王釋放孟嘗君，強令他離

開秦國。孟嘗君帶領手下人趕忙逃跑，來到函谷關時已是半夜，城門緊閉，要等到天明雞啼才開門。孟嘗君怕昭王反悔後派兵追來，心急如焚。這時，另一名食客挺身而出說：「看我的！」

只見那食客昂首朝天，連聲「喔喔喔」大叫，宛如公雞鳴叫，隨即城內各家的公雞都紛紛跟着叫了起來。守門士兵以為天亮了，就打開城門，孟嘗君一行得以順利逃回齊國。

人們說，能雞鳴狗盜的這些食客，養兵千日，用在一時啊！

語文運用

例句：出戰前，球隊教練動員大家說：「我們勤學苦練了很久，養兵千日，用在一時，現在是我們發揮本領、為國爭光的時刻了，大家努力！」

禍兮福所倚，福兮禍所伏。

——《道德經》

釋義：

　　禍和福是互相依存、互為轉化的。壞事可能會引出好結果，而好事也可能會引出壞結果。

故事：

春秋時期，魯哀公常與孔子談論國事。

有一次，魯哀公問孔子：「一個國家的興衰禍福，是否占卜所決定的？」

孔子回答說：「占卜只是一種預測，國家的命運終究是人來決定的。占卜說興說有福，也可能變為衰和禍；占卜說衰說有禍，也可能變為興和福。」

接着孔子講了兩個神話故事：

商朝第十代君王太戊時，朝廷的庭院裏忽然長出了桑樹和谷樹，七天後就能用兩臂合抱樹幹。占卜師說，朝廷裏長這種野樹是不祥之兆。人們就傳說國家要滅亡了，弄得全國上下人心惶惶。

太戊卻由此得到啟發：作為一國之主，要擔負起維護國家生存的重任，不能讓國家敗在自己手中。於是他勵精圖治，思考國家面臨的問題，發展生產，撫慰百姓，用心治理國家；自己修身養心，以身作則，絲毫不能行差踏錯，當好百姓的榜樣。就這樣，國家在三年內再度興旺起來，各地諸侯也紛紛前來歸順，遠

近十六國都來交往。太戊統治商朝達七十五年之久，備受人們尊
敬，是很有作為的君主。

再說到了商紂王時，城門外有隻小麻雀生下大鳥，占卜師說
凡是小能生大，都是好事情，是吉兆，是福氣的到來。紂王聽了
很高興，心想自己運氣好，有福降臨國土，不用怎樣去花費心思
和力氣了。於是他不理國事，整日沉溺於玩樂，不理民間疾苦，
以致朝廷內奸臣當道，忠良受屈紛紛離去，最終導致亡國。

看，這兩個故事不正好說明「禍兮福所倚，福兮禍所伏」
嗎？

語文運用

例句：中了彩票不一定是好事，你看有人亂花
巨額獎金，以致家破人亡，可見「禍兮福所
倚，福兮禍所伏」啊！

使口不如自走，
求人不如求己；
口說不如身逢，
耳聞不如眼見。
——《增廣賢文》

釋義：

　　叫別人做事不如自己去做，求人幫自己不如自己來解決。嘴裏說不如親身去體驗，聽說的事不如眼見為實。

故事：

北宋著名文學家蘇軾（粵音色），曾經先後擔任杭、潁、揚、定四州的知府。蘇軾博覽經書，才華過人，詩詞散文都寫得出色，被譽為「唐宋八大家」之一。

蘇軾也鍾情佛教。他在揚州時，與揚州金山寺的主持、北宋最著名的雲門宗僧佛印禪師交情深厚，是知己朋友，常常來往，一起談佛論禪，交換心得。

蘇軾轉到杭州當知府時，有天佛印禪師來訪，蘇軾與他一起去遊天竺寺。

寺內有座觀音菩薩的塑像，佛印禪師雙手合十禮拜。蘇軾見到菩薩手中也有念珠，就問佛印：「觀音菩薩手中為何拿着佛珠？」

佛印回答說：「也是為了唸佛。」

「唸什麼佛？」蘇軾追問。

「唸觀世音菩薩。」

蘇軾又問：「觀世音菩薩是我們手拿佛珠禮拜的對象，祂為什麼要拿着佛珠唸拜自己呢？」

佛印語重心長地答道：「那是因為，求人不如求己啊！」

於是佛印又向蘇軾講了一個佛教故事：

有一天，「心」實在按捺不住了，開口把「身」教訓了一頓。心說：「身啊身，我每天照顧你這個肉身，指揮你起牀、梳洗、飲食、思考、做事⋯⋯什麼都是我在幫你。現在你要修佛道，整天拖着肉身去各個寺廟求神拜佛，你怎麼捨近求遠啊？為什麼不求我呢？告訴你四句箴言：『佛在靈山莫遠求，靈山只在汝心頭；人人有個靈山塔，好向靈山塔下修。』我就是這個現成的靈山啊！修行，不必向外求，而是修養自心。認識自心，就是悟道；修養自心，就是修道。唸佛，就是要藉助佛號，喚醒內心的自己。」

精通佛道的佛印的一席話，使蘇軾茅塞頓開。

語文運用

例句：公司發生了這麼嚴重的事，我們坐在這裏空談沒用，想找人幫忙也不是辦法⋯⋯求人不如求己，還是到基層去看看實際情況，聽聽羣眾的意見，再想辦法解決吧！

吾日三省吾身。
——《論語·學而》

釋義：

　　我每天要多次檢查、反省自己，看看有沒有做得不對的地方。

故事：

　　曾子（公元前505－前436年），姓曾名參，魯國人，十六歲時與父親一起拜孔子為師，是孔子晚年的一名得意門生。他積極推行儒家主張，是儒家思想的主要繼承人和傳播者。曾子更以孝子出名，著有《大學》、《孝經》等儒家經典。曾子一生認真做人，「如臨深淵、如履薄冰」，有不少小故事：

　　有一次，少年曾子在地裏除草，不小心挖斷了瓜秧。父親見了大怒，把他狠狠打了一頓，曾子痛得暈了過去。醒來後他向父親賠罪，還邊唱邊舞表示自己身體沒有受到傷害。孔子知道後說：「挨到小揍可忍受，若是大揍就應逃走。你這樣陷父親於不義，不是孝。」曾子馬上說自己犯了大罪。

　　曾子十四歲時，白天在泰山山腳下種田，晚上回家侍奉父母。有一天他在田裏耕作時，風雨大作，又下了暴雪，十多天都回不了家。曾子因為不知父母是否安好，便作了詩歌《梁山吟》，抒發對父母的思念。後來父親病逝，曾子痛哭七日，米水不進。他提出舉喪要「慎終追遠」，即是認真辦理喪事、深切懷念先人，社會風氣就能趨於純樸。

　　父親過世後，他與母親相依為命，十分孝順。有一次，他在山上砍柴，家裏來了客人，母親不知所措，想叫他回家，着急得用牙咬手指。山上的曾子忽然感到心痛，急忙背了柴火回家。母子倆的感情到了心靈相通的境界。

　　曾子的妻子要去市集，小兒也吵着要跟去，曾妻説：「你乖乖在家，等我回來煮肉給你吃。」孩子很高興，答應留下。曾妻回來，見曾子磨刀霍霍準備殺豬，就説：「你真要殺豬？我是哄哄孩子，不必當真。」曾子正言道：「答應了孩子的話就要兌現，父母是孩子的榜樣，不能對孩子撒謊。」於是夫妻倆一起殺豬煮肉給孩子吃。

　　曾子病重臨終前，要弟子把他身下魯國大夫送的一條華麗蓆子拿走，改用普通蓆。他説：「我這一生沒有當上大夫，不能用大夫的蓆。」

　　曾子曾説：「吾日三省吾身：為別人做事是否盡心盡力了？與朋友交往是否有誠信？向別人傳授的知識自己是否實踐應用了？」

　　曾子就是這樣一個嚴格要求自己、認真提高自己修養的人。孔子臨終時，把孫子孔伋托孤給曾子。曾子一生拒絕做官，以孔子為榜樣收徒講學，傳播儒家思想。

語文運用

例句：張公是德高望重的老前輩，他堅持每晚寫日記，「吾日三省吾身」，反省自己一天的言行有無不妥之處。

品德修養篇

吾十有五而志於學；
三十而立；
四十而不惑；
五十而知天命；
六十而耳順；
七十而從心所欲，
不踰矩。

——《論語‧為政》

釋義：

孔子說：我十五歲時立志求學問，學習做人；三十歲時已站穩腳跟，確立自己的人生走向和道德標準；四十歲時能判斷是非，不致迷惑；五十歲時知道自然運行的法則，明白上天安排自己該做什麼；六十歲時對別人的話入耳心通，能聽懂能理解；七十歲時身心俱到達自由階段，隨意說什麼做什麼都不會踰越法規。

故事：

故事類型：**聖賢故事**

這是《論語》中很重要的一章，孔子自述他一生為學為人的歷程，可以作為我們人生的借鑒。

孔子（公元前551－前479年）名丘，字仲尼，春秋時期魯國人。父親是一位武士，孔子三歲時就喪父，與母親相依為命，生活艱難。孔子自幼便受到濃濃的周禮薰陶，很注重禮儀，小時候常與同伴玩拜祭的遊戲，對祭祀規則無師自通。

孔子十五歲時就立下志向，要從古代文化中學習治理國家和做人的正道。他沒有單純跟隨一個老師，而是隨時隨地向人學習，說「三人行必有我師」；每入太廟，必定事事問個明白。他的學問日益增長，被稱為博學之士。

十七歲時，母親病逝。他替人管理賬目，工作認真，一絲不

苟，學到很多實際本領。

三十歲時，孔子開始辦私塾，打破「學在官府」的傳統，以「有教無類」的原則廣收徒講學，弟子三千人；以傳授周禮為自己的生活目標，自此堅持了四十多年。

三十五歲時，魯國發生內亂，孔子去齊國。齊景公欣賞他的政見，但因大夫反對而不能重用。孔子回魯國繼續教學，並修書《詩》、《書》、《禮》、《樂》。

五十一歲時，孔子擔任魯國官吏，一年內升至大司寇，相當於宰相。他顯示了超人的外交和內政才能，使政治清明，社會風氣良好，路不拾遺、夜不閉戶、買賣公平，百姓安居樂業。

五十五歲時，齊國擔心魯國日益強大，送來八十樂女和五十匹彩馬，魯定公中計，整日沉溺於歌舞玩樂，不問國政。同時，孔子的政治改革，令他與三大公族的矛盾日顯尖銳。孔子失望辭官，帶領弟子開始周遊列國。

十四年間，孔子一行到過衞、曹、宋、陳、齊、鄭、晉、蔡、楚等國，他每到一處，都會宣講治國理念和周禮文化，但未

受重視。孔子屢受挫折，四處奔波，淒淒惶惶，甚至到絕糧挨餓的地步，有時還遭惡棍堵截圍攻。但是孔子堅持自己的理念，不改志向，旅途中還與弟子在大樹下習禮，艱苦時孔子仍然講學和弦歌不斷，並與弟子研討學問，切磋砥礪。

孔子六十八歲時，經弟子冉求的安排，被迎回魯國，但也沒得到重用。他專心於講學及整理三代以來的古籍文獻，七十三歲病逝。

孔子坎坷曲折的一生，讓他領略到「吾十有五而志於學；三十而立；四十而不惑；五十而知天命；六十而耳順；七十而從心所欲，不踰矩」。他為中國古代文化的繼承和發展作出了偉大的貢獻，被尊為萬世師表、一代聖人。

語文運用

例句：古人說三十而立，我們到了這個年紀應該確立自己的事業，作為一生的努力目標了。

富貴不能淫，
貧賤不能移，
威武不能屈，
此之謂大丈夫。
——《孟子·滕文公下》

釋義：

榮華富貴面前不受誘惑不亂心智，貧窮困苦面前意志不動搖，權威暴力面前不屈服，這就是能承擔大事的男子漢。

故事：

漢武帝時，漢朝與北方匈奴曾多次互派使節，名為拜訪實為偵察。匈奴曾多次扣留漢使，漢朝也扣留對方使節報復。天漢元年（公元前100年），匈奴新單于即位，送回了扣押的漢使，以示友好。作為回報，漢武帝派遣中郎將蘇武帶領一百多人，護送扣押在漢的匈奴使節回去。

當蘇武等人將要回國時，匈奴發生內亂，其中一名叛亂者與漢朝使節團中的張勝有聯絡，因此蘇武也受到牽連。蘇武怕對不起朝廷，企圖自殺以證明清白，唯被救活，監禁在獄中。

單于多次派漢人叛將到獄中勸說蘇武投降，說能給他高官厚祿，享有大片土地草原，管理數萬民眾，牛羊駿馬無數，榮華富貴一輩子。蘇武不為所動，手持節仗痛斥對方叛國罪。

單于見名利不能動搖蘇武的意志，便虐待他，把他關押在地牢裏，不給食物。蘇武就吃雪嚼毛氈維生，多日不死。單于最後

把他放逐到北海草原放羊，說等公羊生下小羊才能回漢朝。

冰天雪地中，蘇武只能挖掘野鼠洞裏的果實和拔野草吃。他堅持天天帶着漢朝的節杖牧羊，以示對漢朝的忠誠，多年後節杖的旄*都已脫落。回國之日遙遙無期，對故國和家人的思念時刻折磨着蘇武。但他以堅強的意志忍受着這一切，忍辱負重，忠貞不渝，表現了大無畏的民族氣節。

十九年後（公元前81年），匈奴的新單于即位，為向漢朝示好，蘇武等九人才得以回國。蘇武富貴不能淫，貧賤不能移，威武不能屈的大丈夫氣概，為萬世稱頌。（見《漢書‧蘇武傳》）

*旄：古代竿頭上飾有犛牛尾的旗幟。旄，粵音毛。

語文運用

例句：南宋宰相文天祥被俘後，面對敵人的威逼利誘和非人折磨，他寧死不屈，堅決拒絕投降，最終留下《正氣歌》壯烈犧牲。他是富貴不能淫、貧賤不能移、威武不能屈的真正大丈夫！

謙虛受益，滿盈招損：
得意不宜再往，
凡事當留餘步。

——《菜根譚》

釋義：

　　為人謙遜才能得益，驕傲自滿就會害了自己。事情順意時要適可而止，做事要留有餘地。

故事：

故事類型：**聖賢故事**

　　孔子在魯國時，有一次與弟子們一起去參觀魯桓公的寺廟。他看見陳列品裏有一個傾斜的器皿，就問寺廟看守人：「這是什麼器皿？」

　　看守人回答說：「這是魯桓公放在座位右邊的敧器（敧，粵音崎），是盛水的器皿。」

　　孔子想起來了：「哦，我聽說過，這件座右之皿，空的時候就傾斜，放了一半水就端正了，但灌滿了水它就會向一邊翻倒。」

　　看守人說：「是的，因為它不同於一般水具，設計很奇特——底部厚而尖，開口大而薄。」

　　孔子對弟子們說：「你們盛水試試！」

　　弟子們往敧器裏注水，果然是「虛則敧、中則正、滿則覆」，裏面裝滿水時敧器向側邊一歪，水都倒了出來。孔子歎道：「裝滿了水哪有不傾倒的！」

　　弟子子路問道：「有沒有辦法使它裝滿水而不傾倒？」

　　孔子說：「滿水而不傾倒，其實是提示我們為人處事應有之態度：自己智慧高時謙虛謹慎，功勞大時不居功自傲，勇猛蓋世

時不露鋒芒，富可敵國時不誇耀顯赫。要懂得太滿了就要減去一些的道理啊！魯桓公把這個欹器放在自己座位之右邊，作為座右銘，就是要時時提醒自己：謙虛受益，滿盈招損——滿招損、謙受益，戒盈持滿；凡事適可而止，不可過分。」

後來子貢又問：「我想對人謙虛，應該怎麼做呢？」

孔子說：「這就要像土地那樣：深深挖下去，就可見甘泉；播下種子，就可得到五穀豐收；草木茂盛，就有蟲鳥野獸生生不息。土地默默提供着這一切，功勞很大，但它從不居功。為人謙虛就要像土地那樣。」（見《荀子·宥坐》）

語文運用

例句：這次比賽中，雖然你奪得了金牌，但是千萬不能自滿，謙虛受益，滿盈招損，你的劍術中還有很多要改進的地方，心理素質也要提高，繼續努力吧！

近義詞：深藏若虛、虛懷若谷、大智若愚
反義詞：目空一切、恃才傲物、夜郎自大

凡人不可貌相，
海水不可斗量；
牡丹花好空入目，
棗花雖小結實成。
——《增廣賢文》

釋義：

　　不能憑一個人的外貌來評定他的品行和才能，就像不能用一個斗來度量海水。牡丹花雖然漂亮，但只是供人觀賞；棗樹上的花兒雖然小得不起眼，但卻能結成果實供人食用。

故事：　　　　　　　　　　　　　　故事類型：**名人故事**

　　東漢末年至三國時期，有一位名人叫龐統，與諸葛亮同時代。他出身荊州名門，受過良好教育，資質聰慧，善於思考，凡事都有自己的精闢看法。雖然幼時表現遲鈍，但是他的叔父龐德公很看好他。

　　龐統二十歲時，長得肥胖粗壯、濃眉翹鼻、黑面短鬍，外形很古怪。雖然其貌不揚，但他胸懷大志，心中有幹一番大事的抱負。一天，他慕名去找著名的隱士奇才司馬徽先生，當時司馬徽正坐在家門前的大桑樹上採桑葉，龐統就坐在樹下與他聊天，兩人論古談今，一直談到天黑。司馬徽發現這個年輕人對時局很有見地，而且自稱有輔佐帝王的才能，給司馬徽留下深刻印象。司馬徽與隱居隆中的諸葛亮也很有交情，便稱諸葛亮是臥龍、龐統是鳳雛，都是難得的人才。

　　劉備為發展事業求賢如渴，司馬徽就介紹龐統與他見面。但

是劉備見龐統一副粗相，說話也不甚有禮貌，就沒有看中他。司馬徽歎道：「龐統這樣的外表是不討人喜歡啊！」

多年後諸葛亮去東吳時偶遇龐統，覺得他是個人才，便介紹他去劉備那裏任職。礙於是諸葛亮推薦，劉備就安排龐統做一個小縣令。諸葛亮知道後對劉備說：「凡人不可貌相，龐統有奇才，不可小看他。」劉備就請回龐統擔任副軍師中郎將。

後來龐統成為劉備的重要謀士，他具有政治和戰略頭腦，在平定益州、征伐巴蜀等戰役中提出奇謀，為劉備復興漢室的事業中作出重大貢獻。

語文運用

例句：別看他長得不討人喜歡，在新員工之中，他的人品和才能卻是出類拔萃的，凡人不可貌相啊！

錢財如糞土，仁義值千金。
——《增廣賢文》

釋義：

    金銀財寶就如糞便和泥土那樣沒什麼價值，而仁愛道義卻是價值千金的珍貴之物。

故事：

齊國大臣孟嘗君豪爽好客，門下有三千食客，還不時有人前來投靠。一日，馮驩（粵音歡）窮得過不下去了，來當食客。孟嘗君問他有什麼特長？馮驩說沒有；那有什麼本事？馮驩也說沒有。孟嘗君沒說什麼，收留了他。但是手下人看不起馮驩，按照食客的三種等級，給他下等待遇，即是外出沒車、吃飯沒魚。

過了些日子，馮驩彈着手中的劍唱道：「長劍，我們回去吧，這裏沒有魚吃，外出沒有車坐。」孟嘗君知道了，就吩咐下人給他上等客的待遇。又過了幾天，馮驩又彈劍唱道：「長劍啊，我們回去吧，養不活家裏人啊！」孟嘗君打聽後，知道他家中有老母親，於是便派人照顧好他母親。從此馮驩不再唱。

孟嘗君徵求一名門客前往他的封地薛城收債，馮驩自告奮勇應徵。孟嘗君接見了他，為以前怠慢了他致歉。馮驩問：「收到了債錢要買些什麼回來嗎？」孟嘗君說：「你看我這裏缺什麼就買什麼吧。」

馮驩到了薛城，見百姓生活困苦，便把欠債的人都召集起來，假借孟嘗君的名義，當眾把他們的借債單據一把火燒毀了。

百姓們都歡呼雀躍，連聲道謝。

　　馮驩回到齊都，告訴孟嘗君：「我見你豐衣足食什麼都有，這次為你燒了債單買了『仁義』回來。」孟嘗君雖然有些不高興，但也沒說什麼。

　　一年後，齊閔王聽了讒言，擔心享有盛名的孟嘗君有叛逆之心，就罷了他的官，着他離京回鄉。孟嘗君帶領門客到薛城，百姓夾道相迎，連呼萬歲。孟嘗君對馮驩説：「今天我看到了你為我買的仁義！原來錢財如糞土，仁義值千金。」（見《史記·孟嘗君列傳》）

語文運用

例句：這位富翁把資產都捐給了慈善機構，沒留給子孫。在他看來，錢財如糞土，不足留戀；仁義值千金，才是最值得爭取和珍惜的。

點石化為金，人心猶未足；
黃金未為貴，安樂值錢多。
——《增廣賢文》

釋義：

　　即使有了點石為金的本領，貪婪的人永不會滿足。黃金不是貴重的東西，而安定快樂才是最珍貴的。

故事：

　　很久以前，有戶農民，耕種幾畝薄田，某年遇上罕見旱災，田裏顆粒無收，只好剝樹皮、摘野菜熬湯度日。後來家裏窮得實在揭不開鍋，妻子喊餓、小兒啼哭，逼得那農民心煩意亂，獨自跑到野外去透透氣，坐在一塊大石上哭泣。

　　化身老人的神仙經過，聽了他的敍述後決定幫他一次。老人指着農民身旁的一塊石頭說：「別哭了，老天爺不是已經在幫你了嗎？你看！」

　　原來農民腳邊出現了一塊巴掌大的金塊閃閃發光。他驚喜地拾起來反覆撫摸端詳：「這是金子嗎？我在做夢嗎？」

　　他立刻知道面前這位老人是神仙，便跪下拜道：「多謝仙人求助，還請您傳授我這點石成金的本領。」

　　老人見他不知足，歎口氣說：「學到這本領可不是好事，你不要後悔啊！」

　　「我不會，我還能幫助村裏窮人們啊！」農民再三哀求。

　　老人撫摸了一下農民的食指，忽地不見了。

　　農民喜滋滋地回家，對妻子說：「放心吧，我們不會再挨

餓了！你看！」説着，他用手一指家中的桌椅，立即變成了金桌金椅。妻子萬分驚愕，農民卻非常得意。兒子聞聲跑出來，農民抬手一指，兒子變成了金孩子；妻子去抱孩子，農民不小心一抬手，妻子也成了金人！

農民這才驚慌失措，可是他的手一碰到任何物件，馬上都變成了金的，連他想喝的水也是如此！一屋子的黃金，農民站在中間束手無策，絲毫沒感到高興。

這時他真的後悔了，哭喊着：「我不要金手指了，神仙啊，幫幫我吧！」

所謂「點石化為金，人心猶未足：黃金未為貴，安樂值錢多」，難怪神仙會説學曉點石成金並不是件好事！

語文運用

近義詞：人心不足蛇吞象、貪得無厭、慾壑難填
反義詞：知足常樂、安貧樂道、知足不辱

得忍且忍，得耐且耐；
不忍不耐，小事成大。
忍得一時之氣，
免得百日之憂。
——《增廣賢文》

釋義：

　　可以忍耐的事就忍耐，不忍耐的話，小事就變成麻煩的大事。忍住一時的火氣，就免卻了日後長久的憂患。

故事：　　　　　　　　　　　　故事類型：**名人故事**

韓信（公元前231－前196年），漢初著名的軍事將領，是協助劉邦建立漢朝的功臣。

他出身貧寒，父母相繼過世後，他沒資本經商，也不會種地，常常吃了上頓沒下頓，要靠人施捨，過着窮困潦倒的屈辱日子。

當地一名亭長與韓信有些交情，常招呼他來家裏吃飯。日子一長，亭長的妻子討厭他了，便常常提前煮了飯，不等他到來就吃，韓信漸漸便不再去了。

韓信常到河邊釣魚，一個老婦人會把自己的飯菜分些給他。如此一連數月，韓信感激地說日後一定要報答她。老婦生氣地說：「男子漢大丈夫自己不能養活自己，我是可憐你，不圖你報答！」韓信聽了很慚愧，立志要做出一番事業來。

韓信是個很有謀略的人，他見當時秦朝搖搖欲墜，終究會改朝換代。於是他研究兵法，並練習武功，相信日後定有機會發揮才能。

當地人都看不起韓信，認為他沒出息。某天，一個年輕屠夫在路上攔住了韓信，當眾侮辱他說：「你長得高高大大，還佩着劍，但我看你就是個膽小鬼！你若有膽，就拔劍刺我；沒有膽

量，就從我胯下鑽過去！」

　　圍觀的人都等着看韓信怎麼反應。韓信想了想：若是比武，驚動了官府，落下案底，會影響日後發展。他覺得不值得為這個小混混壞了大事，便不聲不響從屠夫的胯下鑽了過去。圍觀人一陣哄笑，都說他真是個懦夫。

　　後來韓信幫劉邦打天下，被拜為大將，立下赫赫戰功。他榮歸故里找到當年那名屠夫，封他為中尉，說：「這是一位壯士，當年他挑戰我時，我忍了下來，才有了今天！」韓信充分體現了得忍且忍，得耐且耐，不忍不耐，小事成大的精神。

語文運用

例句： 我看這是件小事，不是原則性問題，為了顧全大局，得忍且忍，得耐且耐，不忍不耐，小事成大，到時麻煩就大了。

將相頂頭堪走馬，
公侯肚裏好撐船。
——《增廣賢文》

釋義：

　　將軍宰相重任在身，頭頂寬大得可以跑馬；王公侯爵的心胸寬廣，肚中可以行船。

故事：　　　　　　　　　　　　　　　　故事類型：**名人故事**

戰國時期，趙國廉頗（粵音坡）和藺相如（藺，粵音論），一武一文兩位大臣的「將相和」故事傳頌萬代。

藺相如出身低微，是趙國一宦官的門客。他原本寂寂無名，只因被推薦給趙惠文王作為使節，帶着稀世珍寶和氏璧到秦國，巧妙地用計完璧歸趙而聲名大振，惠文王封他為上大夫。

秦王不甘心，又約趙惠文王在澠池（澠，粵音敏）相會，想逼趙屈服。藺相如隨同前往，同時廉頗部署強大兵力以防秦軍侵襲。秦王在席間要文王奏瑟以示侮辱，藺相如立即也要求秦王敲瓦盆，維護了國家的尊嚴。回國後藺相如被奉為上卿，地位在廉頗之上。

廉頗很不服氣，認為自己是戰功赫赫的大將軍，怎能屈居在只憑花言巧語爬上來的平民之下！他揚言，若是遇到藺相如，一定會當面羞辱他。

藺相如知道後，時時避免與廉頗見面。上朝時，他就托病請假；他坐車出門，被廉頗派人堵路，他就掉頭回家。藺相如手下的人氣得紛紛要求離去，說：「我們是仰慕您而來為您做事的，

現在您那麼懼怕廉頗大將，對他忍氣吞聲，我們也沒面子了！」

藺相如哈哈大笑：「秦王和廉頗將軍，哪個厲害？我連秦王都不怕，敢當面頂撞他，難道還怕廉頗將軍？現在秦國不敢動我們趙國，正是因為有我和廉頗將軍，一旦我們兩人鬥個你死我活，豈不是削弱了國力，讓秦國有機可乘？從國家利益的大局出發，私人恩怨不值一提。」

廉頗聽說後慚愧萬分。他就赤裸着背脊，背着荊棘去向藺相如請罪，說：「上卿有如此寬廣胸懷，令我無地自容。」正因兩人都有着「將相頂頭堪走馬，公侯肚裏好撐船」的胸襟，從此成為生死之交的好友，共同為國效力。（見《史記‧廉頗藺相如列傳》）

語文運用

例句：他年輕無知得罪了你，你「將相頂頭堪走馬，公侯肚裏好撐船」，大人大量，就原諒了他吧！

近義詞：寬宏大量、豁達大度
反義詞：斤斤計較、有仇必報

樂不可極，樂極生哀；慾不可縱，縱慾成災。

—— 《增廣賢文》

釋義：

　　不可過分快樂，快樂到極點就會發生悲劇；不能放縱自己的慾望，不然就會產生災禍。

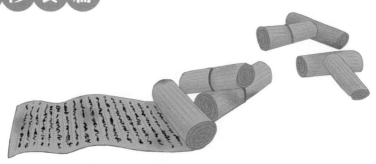

故事：

　　春秋時代，齊國的齊威王喜愛飲酒作樂，常常整夜不眠，不理政事，因此國力衰弱，諸侯國經常來犯。

　　齊威王八年，楚國派大軍進攻齊國，威王派女婿淳于髠（粵音昆）去趙國請求援助。淳于髠身高不到七尺，但為人機靈、善言巧辯，屢次出使各國從不辱使命。這次他帶了黃金千斤、玉璧十對和百套車馬的厚禮前去，成功求得趙國協助。趙王給他精兵十萬、戰車一千輛。楚國得到消息後馬上撤兵。

　　危機解除，齊威王非常高興，在宮廷舉辦慶功酒席招待淳于髠。威王問他：「你喝多少酒才會醉倒？」

　　淳于髠知道齊威王又要喝個通宵、一醉方休了，就答道：「我喝一斗＊也醉，喝一石也醉。」

　　威王不明白：「既然你喝一斗就醉了，還怎能喝一石呢？其中有什麼奧妙啊？」

　　淳于髠說：「大王賞我酒，兩旁站着執法官和御史，我害怕違法，喝一斗就醉了。家中來了父親的貴客，我侍候他們喝酒，祝他們長壽，喝二斗也醉了。如果我和久違的好友相見，互訴衷

腸，高興得喝個五、六斗才醉。若是鄉間民眾聚會，男男女女坐在一起，又喝酒又玩遊戲，心情暢快，可以喝到七、八斗才有醉意。夜深了，燈光一一熄滅，男女還坐在一起繼續喝，那時就會心迷神亂，喝到一石到頂了，就會發生亂七八糟的事。所以說物極必反——樂不可極，樂極生哀；慾不可縱，縱慾成災。」

齊威王誇他說得好，委任他擔任諸侯主客的職務，王室宗族舉辦宴會，淳于髡就來陪飲，從此杜絕了通宵達旦飲樂的習慣。（見《史記‧滑稽列傳》）

*斗石：中國古代容積單位，一石等於十斗，一斗約等如現時之六公斤（kg）。

語文運用

例句：他們喜歡過山車的刺激感，一連玩了三次，樂極生哀，最後暈倒送醫院了。

近義詞：樂極生悲、樂極哀來
反義詞：適可而止、樂而不淫、恰如其分

玩人喪德，玩物喪志。
——《增廣賢文》

釋義：

　　不尊重人、任意戲弄人是失德的行為；沉溺於自己喜愛的事物不能自拔，會喪失自己的志氣。

故事：

　　三千多年前，周武王消滅商朝後，任用賢臣治國，使周朝很快強大起來，與外建立邦交，各個夷邦紛紛前來朝貢。

　　西戎國給周武王送來一條獒犬（獒，粵音熬），牠與中原地區的狗很不同——高四尺多，勇猛善鬥，能聽從人的命令做事，還能與人搏鬥。武王很喜歡這條獒犬，經常去逗牠玩，看牠與武士們比武，獒犬贏了，武王還親自餵食，有時玩得甚至忘了去上朝。

　　時任太保的召公看在眼裏、急在心中，他擔心周武王因為這頭獒犬而耽誤了國事。於是他寫了一篇文章《旅獒》來告誡武王：

　　「英明的王有德行，所以遠近的四周夷族都來朝貢，但只有食物器皿是實用的。於是英明的帝王把這些貢品分送給異邦聯絡感情，分送給同姓國以示親情。人們都不輕看這些東西，認為是德的表現。有道德的人不輕狂侮慢。輕慢官員，就不能使人盡心；輕慢百姓，就不能使人盡力。不使自己迷於聲色犬馬，百事就能料理妥當。玩人喪德，玩物喪志。意志是靠正道來堅持的，

言論是靠正道來傳接的。不做無益處的事來損害有益的事，功業就能建成；不要把珍奇異物當寶貝而看輕了日常用品，這樣百姓才會豐衣足食。犬馬之類不是土生土長的不要豢養，珍禽異獸不要在國內養育。不要稀罕遠方來的物件，遠方的人就會歸順；珍惜賢慧的人才，身邊的人就安心了。」

周武王從善如流，覺得召公說得有理，把獒犬退還給西戎，自己專注治國，使周朝比商朝強大。（見《尚書・周書・旅獒》）

語文運用

例句：父親告誡兒子說：「適當玩玩電子遊戲是有益的，但是不能沉迷其中。要知道玩物喪志啊！」

留得五湖明月在，
不愁無處下金鉤。

——《增廣賢文》

釋義：

　　只要能留住湖泊上的明月，就不用擔心沒地方釣魚。比喻困境中只要保存實力，放眼未來，以後總有機會東山再起發揮潛力。

故事：

　　春秋時期，吳越兩國之間不時有征戰。公元前496年，吳王闔閭（粵音合雷）趁越國國君駕崩之際，舉兵攻打越國，卻大敗而歸。闔閭中箭死於歸途，臨終前囑咐兒子夫差別忘為父報仇。

　　夫差立志要報殺父之仇，大力訓練軍兵加強實力。三年後吳國逐漸強盛，夫差認為已經準備充分，便再次帶兵攻打越國。越王勾踐親自率兵迎戰，大敗，帶領五千殘兵逃到會稽山，派謀臣文種去與吳軍談判求和。談判結果是勾踐夫婦要去吳國侍候夫差，才避免了亡國的命運。

　　吳王夫差為了羞辱勾踐，派他看守闔閭的墳墓和餵馬。勾踐忍氣吞聲，裝出很順從的樣子，每天清掃墓地、飼養馬匹，把工作做得井井有條、一絲不苟。外出時為吳王牽馬；吳王生病時，他在牀前細心照顧⋯⋯吳王看他那麼忠心，三年後釋放了他。

　　勾踐回到越國後，發誓要報仇雪恨，洗刷自己在吳國為奴的恥辱。他每天睡在堅硬的柴禾上，吃苦澀的野菜，天花板上掛一個苦膽，每天吃飯和睡覺前舔一下苦膽提醒自己別忘了誓言。另一方面，他體察民情，為民解難；又清明治國，發展生產，加強

練兵。全國上下共同努力，使越國漸漸由弱變強。與此同時，他還不斷向吳國進貢以示友好，使吳王對越國放鬆警惕。

如此十多年後，公元前476年，越王勾踐親自率兵進攻吳國，取得勝利，吳王夫差羞愧自盡。越國氣勢如虹，乘勝北渡淮河約會中原諸侯，成為又一霸主。

越王勾踐因懷抱「留得五湖明月在，不愁無處下金鈎」的精神，成功實踐一己的宏願。（見《史記·越王勾踐世家》）

語文運用

例句：這件事你不要着急，挫折是暫時的，留得五湖明月在，不愁無處下金鈎。只要公司在、人員在，大家努力，一定能渡過難關，東山再起。

近義詞：臥薪嘗膽、奮發圖強
反義詞：殺雞取卵、竭澤而漁、一蹶不振

受恩深處宜先退，
得意濃時便可休；
莫待是非來入耳，
從前恩愛反成仇。

——《增廣賢文》

釋義：

受到深厚的恩惠後就應該退下來，春風得意之時就要適可而止。不要等到是非傳到耳中，那時以前的恩愛反倒會成為仇恨。意思是說當你建立了大功受到厚報後，不要太得意張揚，不要居功自傲，而是應該低調退下，不然會惹禍上身。

故事：　　　　　　　　　　　　　故事類型：**名人故事**

　　范蠡（蠡，粵音禮）和文種同是春秋時期越國的大夫，輔助勾踐打敗吳國，居功至偉。范蠡雖出身貧寒，但年輕時就讀了很多書，通識天文地理，文韜武略。他的一生也是傳奇的一生。

　　公元前505年，東周諸侯爭霸中原，吳國與越國開始了長達十多年的爭霸戰。

　　前496年吳王闔閭率兵出戰，大敗而歸，闔閭戰死。兒子夫差服喪三年後，立即出兵要報父仇。兩軍對峙，范蠡和文種都認為要避開吳軍鋒芒，暫時求和，但越王勾踐卻要主動出擊。結果越軍在水戰中被動挨打，被困於會稽山，只得派文種去求和，越王勾踐願意投降並到吳國為奴。

　　范蠡陪同勾踐夫婦在吳國做奴僕的工作，他充分發揮聰明才智，多次幫勾踐冰釋了吳王的猜疑；同時范蠡全面考察了解吳國情況，為日後反攻做準備。

　　吳王夫差見勾踐死心塌地為奴，以為他的鬥志已磨盡，就提前釋放了他。勾踐回國後臥薪嘗膽，發誓要報仇雪恨。文種獻上滅吳的九條計策，其中一條是針對夫差好色的美人計。為此，范蠡找到西施，加以訓練後獻給吳王。果然吳王大喜，日夜沉溺於與西施歌舞取樂，不理政事，國力漸衰。

　　前476年，越王勾踐終打敗吳國，夫差自盡。越國成為春秋一

霸。范蠡立即陪同西施坐船去了齊國，臨走前他寫信給文種勸他全身隱退，說與越王只能共患難，不能同安樂：「飛鳥盡，良弓藏；狡兔死，走狗烹」。范蠡深明「受恩深處宜先退，得意濃時便可休。莫待是非來入耳，從前恩愛反成仇」。但是文種沒走，而是托病不出朝。勾踐聽信謠言以為文種要謀反，便賜死他。

范蠡在南方經商，不僅避開了殺身之禍，還成為富甲一方的大商人，被尊為商聖陶朱公。

語文運用

例句：懂得「受恩深處宜先退」的是聰明人，不會惹禍上身。

近義詞：急流勇退、功遂身退、功成不居
反義詞：居功自恃、居功自傲、得意洋洋

善事可作，惡事莫為。
一毫之惡，勸人莫作；
一毫之善，與人方便。

—— 《增廣賢文》

釋義：

要做好事，千萬別做壞事。哪怕是很小的壞事，也要勸人別做；哪怕是很小的善事，做了就能給別人帶來方便。

故事：

　　北宋徽宗年間，有個讀書人在京府鞋店買靴子。他看到一雙靴子很眼熟，仔細一看，原來是他父親下葬時腳上穿的那雙靴子。讀書人感到很奇怪：棺材內的靴子怎麼會在這裏，莫非有盜墓賊？他就問店主：「這雙靴子是哪裏來的？」

　　店主說：「是一名官員拿來修理的，他過一會兒就來取。」

　　讀書人就在那裏等。過了不久，果然有名官員騎馬來到店舖取靴，那人竟然長得和他父親一模一樣！讀書人跟着他出了門，上前打招呼，但那官員不理他，徑自騎馬走了。讀書人在後面追趕，高聲喊道：「你是我父親嗎？我們父子一場，為何不留下一句話就走？」

　　那官員回頭說：「你要學葛繁，你跟他差得遠了！」

　　「葛繁是誰？」兒子問。

　　「是鎮江太守。冥間都擺設了他的像焚香禮拜。」父親說罷就消失了。

　　讀書人滿腹狐疑，趕到鎮江去見葛繁。鎮江太守葛繁是虔誠的佛教徒，在官府和家中都設有佛堂，天天誦經禮拜。讀書人見

了他就説是亡父叫他來學習的，問道：「你做了什麼好事，以至於受到冥府的尊重？」

葛繁謙虛地説：「沒什麼特別的，我每天都做一些好事，如此堅持了四十多年，已成習慣了。」

讀書人問：「都是些什麼樣的好事呢？」

葛繁指着地上的一個小板凳説：「其實都是些微不足道的小事，譬如這個板凳橫在路上會妨礙路人，我就把它擺到一旁去；有人路過説渴了，我就給他一杯水……別看是小事不值得做，但能給人以方便，就要去做。」

葛繁「一毫之善，與人方便」的舉措為世人傳頌，後來他官至大夫，人們都説是善有善報。

語文運用

例句：蜀國君主劉備臨終時囑咐兒子劉禪説：「善事可作，惡事莫為。」這句名言成為後世大眾做人的準則之一。

寧可人負我，切莫我負人；再三須重事，第一莫欺心。
——《增廣賢文》

釋義：

　　寧可別人辜負我，我不能辜負別人。遇事要再三考慮，首要的是不要欺騙自己的良心。

故事：

故事類型：**名人故事**

　　東漢後期，宦官和外戚爭權奪利，王朝搖搖欲墜。野心勃勃的并州牧董卓卻漁翁得利；他毒死少帝，改立獻帝，自己成為宰相，掌握朝廷大權，胡作非為。

　　十八路諸侯想要一起討伐董卓。正在大家束手無策時，騎都尉曹操主動站出來說他去行刺董卓，為國家除害。

　　曹操跟大臣王允借了一把削鐵如泥的七星刀，進入董卓住所。董卓正在閉眼休息，曹操持刀走近他想動手，但是刀刃的閃光驚醒了董卓！曹操急中生智，說要把這寶刀獻給他。

　　董卓雖然收下了刀，但心中疑惑。曹操告辭後知道情況不妙，立即騎馬逃出洛陽。此時董卓已經下令追捕他。曹操途徑中牟時，被縣官陳宮認出是官府懸賞捉拿的通緝犯，就逮捕他入獄。晚上提審時，曹操說了自己要回老家動員鏟除董卓、保衛漢室的大志，陳宮被他的忠心感動了，竟然棄了官與他同行。

　　兩人行到成皋（粵音高），曹操說可前往父親的世交呂伯奢家借宿。呂老熱情招待兩人，要家人殺豬，自己騎驢出外打酒。但曹操聽得窗外磨刀霍霍，懷疑呂老去報案並要殺了他倆，

便不由分説揮刀殺了呂家八口；騎馬逃走時半路見呂老真的買酒回來，曹操一不做二不休，一刀把呂老砍下驢來。面對陳宮的責備，曹操淒然説：「事到如今，寧教我負天下人，休教天下人負我。」陳宮見他如此殘暴，就與他分道揚鑣。

　　曹操這句話被人視作奸雄唾罵了千多年，這種行為與儒家的道德標準不符，所以古人轉換成「寧可人負我，切莫我負人」，警戒世人做事要考慮再三，要無愧自己的良心，對得起天下人。（見《三國演義》）

語文運用

例句：工廠資金周轉不靈，廠長抵押了自己的住房，貸款發放上千名職工的年終獎金。他説：「寧可人負我，切莫我負人，工人們辛苦了一年，不能對不住他們啊！」

天倫之情篇

哀哀父母，生我劬勞。
——《詩經‧小雅‧蓼莪》

釋義：

可哀啊可哀，父母生育我多麼辛勞啊！

故事：　　　　　　　　　　　　　　故事類型：**古人教訓**

這是《詩經》中一首悼念父母的祭歌，表達了孝子因為在外服勞役不能回家為父母送終的悲哀。詩文如下：

蓼（粵音六）蓼者莪（粵音俄），匪莪伊蒿。哀哀父母，生我劬（粵音渠）勞。蓼蓼者莪，匪莪伊蔚。哀哀父母，生我勞瘁。

　　大意是：「我看到散生的蒿草和蔚草，那不是長得茂盛的莪草。莪草環繞着母根叢生，又名抱娘蒿，好像子女圍繞在父母膝下。它讓我思念起父母往日的辛勞養育，可哀啊可哀！」

　　全詩情真意切，淒切動人，字字血、聲聲淚，細膩描寫了子女感恩父母的辛勞、喪失雙親的悲痛，以及未能送終的悔疚心情。子女孝順父母、贍養父母是中華文化中做人的美德之一。這首詩被認為是表現孝順這一美德的最早的文學作品，對後世影響很大，讀者常為之潸然淚下，並為文人引用於文章詩詞，甚至朝廷的詔書中。

語文運用

例句：他那九十多歲的父母親，兩天內竟相繼不疾而終，哀哀父母，生我劬勞，五名子女急忙從外地回家奔喪，一盡孝心。

能師孟母三遷教，
定卜燕山五桂芳。
——《增廣賢文》

釋義：

　　如果能仿效孟子的母親那樣，為了教育好兒子而三次搬家，那就一定能像竇燕山家的五個兒子那樣科舉及第、金榜題名。

故事：

故事類型：**名人故事**

「能師孟母三遷教，定卜燕山五桂芳」這兩句話告訴我們，從孟母與竇禹鈞（竇禹，粵音豆羽）的故事可知，父母對子女的正確教育，對子女的健康成長至關重要。

五代時期，燕山府有個名叫竇禹鈞的人，從小喪父，對母親很孝順，官至諫議大夫。但竇禹鈞年輕時卻是個心術不正的人：親友中誰有困難，他從來不去接濟；買賣糧食時大斗量入小斗量出，欺壓窮人。

他年近四十了，卻沒有孩子。一天夜裏，他夢見了父親對他說：「你做了那麼多壞事，所以至今沒有子孫，自己也會短壽。從今以後要改邪為正，生活才能幸福。」

竇禹鈞從夢中驚醒。他反省自己的確做了很多損人利己的事，感到很慚愧。從此他改過向善，散發錢糧周濟窮人，建立四十多所學堂給窮人孩子上學，幫助窮人家辦喜事或喪事。他又生活簡樸，克勤克儉。

後來竇禹鈞有五個兒子，孩子們在他嚴格要求和以身作則的教育下，個個德才兼備，陸續都考上進士，擔任官府要職。人們稱頌道：「燕山竇十郎，教子有義方，靈椿一株老，丹桂五枝芳。」

語文運用

例句：現代父母為了讓孩子能進名校上學，學孟母三遷，搬到鄰近名校的地區居住。

父子親而家不退，
兄弟和而家不分。
——《增廣賢文》

釋義：

父親和兒子相愛，家境就不會衰落；兄弟和睦，家庭就不會分裂。

故事：

西漢時，河南有個名叫卜式的農民，以善待弟弟揚名鄉間，深受民眾讚頌。

卜家世代以種田放牧為生。父母過世時，卜式的弟弟還年幼，卜式替代了父母，一直無微不至照顧着弟弟。

等到弟弟成年後，卜式就把田地、房屋和家裏的財物都留給弟弟，自己只帶着百多頭羊去山上放牧。他辛勤工作，精心護理羊羣，摸索出一套放牧的好辦法。十年之後，他的羊羣增加到一千多頭，他就賣了一些羊，換錢買地建屋，成了富裕的人。

但他的弟弟不擅種田，只靠變賣田地財產過日子，如此坐吃山空，十年內把家產都花完了。卜式沒有埋怨弟弟，反而把自己的羊分了一半給弟弟，叫他也學着放牧為生。弟弟沒有放牧經驗，牧羊也失敗了，卜式就再次接濟他。如此多次幫助弟弟渡過難關，有福同享、有苦共擔，也因此「兄弟和而家不分」。卜式雖然沒讀多少書，文化程度不高，但是他的行為卻符合仁義道德標準，鄉親們都誇他是個真正的賢士君子。

卜式不僅照料好自己的家庭，也關心國家命運。那時朝廷多

次派兵與北方匈奴交戰，國庫空虛，卜式捐出一半家產來協助邊
境戰事。他認為國難當頭，有力要出力，有錢就要出錢。一年後
漢朝打敗了匈奴，大批貧民要遷移，卜式又捐了二十萬元相助。
漢武帝給了他賞賜，他退還給朝廷，武帝就封他為中郎。卜式穿
着草鞋布衣去上任，還上山為皇室放羊，把羊羣養得白白肥肥，
漢武帝見了大加讚賞。

語文運用

例句：很多富豪過世後，母子或兄弟姊妹之間
爭奪遺產以至打官司的事層出不窮，可悲啊，
父子親而家不退，兄弟和而家不分。看來這些
富豪家庭的親情都很薄弱啊！

不求金玉重重貴，
但願兒孫個個賢；
無限朱門生餓殍，
幾多白屋出公卿。
——《增廣賢文》

釋義：

不求家中有很多貴重的金銀財寶，只求兒女和孫輩們個個都賢慧懂事。很多富貴家庭有不肖子孫敗家至餓死，也有一些貧窮人家能產生達官高人。

故事：

故事類型：**名人故事**

「不求金玉重重貴，但願兒孫個個賢；無限朱門生餓殍，幾多白屋出公卿」兩句名言，告誡世人應該注重對兒女孫輩的教育。教育不好，富貴子弟會淪落成乞丐；教育得好，貧家子弟能成才。

鄭板橋，清代官員、書畫家、文學家。他在五十二歲時得了兒子小寶，非常鍾愛，但不溺愛，被公認為是古代懂得正確教育孩子的十大好父親之一。

鄭板橋到山東濰縣當縣官，把小寶托付給老家的堂弟鄭墨。小寶六歲上學時，鄭板橋給堂弟寫信說：「小寶在班裏最小，對年長師兄要稱某先生或某兄，不能直呼其名；要把文具紙張分贈給缺少的同學，對貧困家庭也要時時接濟。選擇好老師，選定後要尊敬老師。愛孩子必定要以正道，正道是真愛，否則是溺愛……讀書中舉做官是小事，首先要明理做好人……我不在家，兒子由你管教，要長他忠厚之情，克服急躁苛刻的習氣，不能姑

息。」

　　信中還具體説到小寶吃好東西時，一定也要分給僕人的孩子，不能讓他們站在一旁觀看。小寶應與僕人的兒女平等對待，因為那些孩子也是他們父母心頭之肉。

　　後來鄭板橋還是把小寶領到身邊親自教養，要他幫忙做家務，教他懂得衣食來之不易，要珍惜、要節約、要同情窮人。在他言傳身教和嚴格要求下，小寶非常懂事，會把手中唯一的饅頭分一半給飢餓的小女孩。

　　鄭板橋臨終時，要小寶親自做饅頭拿來。小寶做好饅頭端去，父親已經嚥氣，只給他留下幾句話：流自己的汗、吃自己的飯，自己的事自己幹，靠天靠人靠祖宗不算好漢。

語文運用

例句：父母要懂得如何正確教育子女，你看歷來有多少紈絝子弟一事無成，甚至走上犯罪的道路，也有多少貧家子弟奮鬥成才。真是無限朱門生餓殍，幾多白屋出公侯！

千經萬典，孝悌為先；
羊有跪乳之恩，
鴉有反哺之義。
——《增廣賢文》

釋義：

　　千萬種典籍都教導我們，孝順父母、手足和睦是倫理道德中首要的事。小羊跪着吃奶以示感恩母親，烏鴉會口含食物回來哺養老年父母，動物都懂得孝順的道理。

故事：

故事類型：**民間故事**

母羊生下了小羔羊，非常疼愛牠。母羊日夜帶着小羊形影不離，晚上睡覺時也依偎着牠，保護着牠不受其他動物欺凌，也用自己的身體温暖着牠，讓牠安睡。小羊在母親無微不至的照顧下，一天天長大，長得白白胖胖，又肥又壯。

有一天，母羊正在餵小羊吃奶，一隻母雞走過來望着牠們母子倆搖頭歎道：「看你整天這樣侍候這小傢伙，不累嗎？近來你已經瘦多了，你吃下的東西全被牠吸走了！你不用這樣育兒的，這樣你會累死的！看我的小雞們，從來不用我操心，讓牠們自己到處去找吃的，多省心！牠們不也長得好好的嗎？」

母羊回答説：「我不喜歡聽你這樣説，你有你的養兒方法，我有我的。你不要挑撥我們母子關係，我是心甘情願這樣做的，這是我做母親的責任。你走吧，不用管我們！」

母雞嘟嚷着離去：「我還不是為你好？不識好心！」

小羊抬頭問母親：「媽媽，你對我這麼好，我怎麼報答你呢？」

母羊慈祥地説：「我不用你報答，你有這樣的想法、有這樣

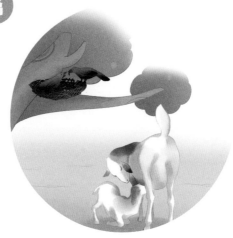

的一片孝心，我就很心滿意足了。」

　　小羊聽了淚流滿面，撲通一聲跪倒在地感謝母親的養育之恩。從此以後，每次小羊都是跪着前腳喝媽媽的奶，以示對母親的尊敬和謝意，不忘母親辛勞養育之恩情。

　　動物之中，外貌不討人喜歡的烏鴉，卻是敬老養老的模範。古書記載：烏鴉出生後六十日內由母鴉餵食；小鴉長大後，母鴉老得不能外出覓食了，小鴉會覓食回來餵母親六十日，回報母親養育之恩。

　　「羊有跪乳之恩，鴉有反哺之義」，動物也懂感念父母養育之恩，人們更應牢記「千經萬典，孝悌為先」。

語文運用

例句：我們來到世上並能長大成人，都是父母的功勞。所以古人教導我們：千經萬典，孝悌為先。我們應該不忘父母養育之恩並報答他們的辛勞付出。

妻賢夫禍少，子孝父心寬；賢婦令夫貴，惡婦令夫敗。
—— 《增廣賢文》

釋義：

　　家有賢惠的妻子，丈夫就少遇到災禍；兒子孝順，父親就心情舒暢。賢惠的妻子能旺夫，刁悍的妻子會令丈夫失敗。

故事：　　　　　　　　　　　　　　故事類型：**名人故事**

　　諸葛亮（公元181－234年）是三國時期蜀國的丞相，傑出的軍事家、政治家。他為劉備出謀劃策，實現三國鼎立的局面，是中國文化中「忠臣」與「智者」的代表人物。說到諸葛亮一生的成就，與他的賢妻黃月英分不開。

　　年輕時代的諸葛亮隱居在襄陽附近的隆中山上，常與當地一些文化名人聚在一起暢談天下大事。其中有一位姓黃的名士，見諸葛亮是有見識的俊才，對他很有好感，常在家中提起他，女兒月英就很仰慕諸葛亮，要父親約諸葛亮來一見。諸葛亮上門時，被一對撲上來的木製虎豹嚇了一跳，原來那是月英的發明。月英雖然長得不漂亮，但是很有才華，文武雙全。兩個年輕人彼此中意，定下了婚事。

　　成婚那晚，黃月英送一把羽毛扇給諸葛亮，說：「這是我的武功師傅送給我的，扇面上的一些字將來會對你有幫助。還有，那天我見你與我父親談話時，說起孫權、曹操就面露愁容，流露了自己的情緒。希望你今後用這把羽扇及時遮面，不讓人輕易察覺你的不安，要保持鎮靜外表才能成就大事業啊！」諸葛亮從此

羽扇不離手，扇面上寫的戰略戰術幫他解決了不少難題，所以人們說他「一搖鵝毛扇，計上心來」。

　　賢惠的黃月英不僅勤儉持家、撫養子女，心靈手巧的她還參與設計製造戰場運輸工具「木牛流馬」。她在事業上給予諸葛亮很多幫助，是「妻賢夫禍少」、「賢婦令夫貴」的代表，夫妻倆十分恩愛。

語文運用

例句：人們常說「成功的男人背後有個好妻子」，此話一點不假。很多事例證明了「妻賢夫禍少」、「賢婦令夫貴」，看來一段好婚姻對人生的影響很大啊！

173

骨肉相殘，煮豆燃萁；兄弟相愛，灼艾分痛。
——《增廣賢文》

釋義：

　　親人若是互相殘害，就好比燒豆莖煮豆子那樣痛心；兄弟相親相愛，就能分擔憂痛。

故事：

曹操（155－220年）是東漢末年權傾一時的大臣、軍事家、政治家和文學家，三國時代曹魏的奠基者。他的兒子中，曹丕（粵音披）和曹植是同母所生，都很有文學才能。尤其是曹植，他從小喜歡讀書，寫的文章很出色，深得曹操喜愛。

曹操遲遲沒有決定哪個兒子作繼承人，曹丕較年長，理應由他來繼承。但曹操偏愛才思過人的曹植，總想把他封為太子，這使曹丕很不快。有一次曹操離家出征，曹植寫了一篇文章歌頌曹操的功德，獲得眾人好評，曹丕更是記恨在心。

曹丕處處設計打擊曹植，又努力討好曹操，取得他的歡心，所以曹操還是立了曹丕為繼承人。曹操過世後，曹丕繼承了魏王位，封曹植為臨淄侯；後來廢了漢獻帝，建立魏國，自稱魏文帝。

曹丕還是擔心幾個弟弟會篡奪王位，就剝奪了二弟曹彰的兵權、逼迫四弟曹熊上吊。只剩下曹植這個眼中釘了，曹丕總想找機會除掉他。

機會來了。有人告發說曹植在臨淄經常喝酒罵人，發洩對現

實的不滿，還扣押了朝廷派去的使者。於是曹丕就派人把曹植押回鄴城受審。

審判時，曹丕要判曹植死罪，母親卞太后（卞，粵音便）來求情。曹丕就對曹植説：「都説你才思敏捷，今天要看看是真是假。限你七步之內作詩一首，以兄弟為題，但詩內不能出現『兄弟』一詞。」

曹植果真在七步之內吟詩一首：「煮豆燃豆其，豆在釜中泣。本是同根生，相煎何太急？」巧妙地用煮豆燃其比喻骨肉相殘。聽者無不動容，曹丕也潸然淚下，不忍對他下手，只是降了他的職。

語文運用

近義詞：兄弟同心，其利斷金；情同手足；輔車相依
反義詞：同室操戈，相煎太急；兄弟相害，不如友生

一家之計在於和。

──《增廣賢文》

釋義：

家庭成員假如能和睦相處，那一定是個幸福美滿的家。

故事：

閔子騫（閔，粵音敏；騫，粵音牽）是春秋時期魯國人，孔子的高徒。他的孝道為人稱道，是古代二十四孝子之一。

閔子騫八歲時母親過世，父親希望子騫有人照顧，再婚娶了姚氏。姚氏生了兩個兒子──閔革和閔蒙。姚氏疼愛自己的兩兒，給他們吃好的穿好的，萬般寵愛；但是對子騫卻非常刻薄，叫他做粗活，一不順意就打罵，讓他吃剩飯殘羹，有時甚至罰他沒飯吃。但子騫默默忍受着這一切，從不向父親抱怨。

天冷了，姚氏給孩子準備冬衣，給閔革和閔蒙縫製的是厚厚的棉絮鋪墊的棉衣，非常保暖；但是給子騫縫的根本不是棉衣，兩層布中間放的是輕飄飄的白色蘆花！

父親帶三個孩子外出，子騫駕車，他在寒風中冷得簌簌發抖，趕馬的鞭子掉在地上。父親很生氣，罵他趕車不用力、偷懶，拿起鞭子就抽他的背。薄薄的布被鞭子打破，裏面的蘆花飛散出來，撒了一地。父親大吃一驚：啊，你穿的是蘆花衣！

父親隨即撕開閔革和閔蒙的衣服，裏面是好好的棉花。他知道錯怪了子騫，抱住他痛哭。

父親怒火中燒，回家後把姚氏狠狠打了一頓，要寫休書趕她

出門。子騫急得跪地抱住父親的雙腿求道：「請父親息怒，母親在家，只是我一人孤單；若是母親離去，那就三個孩子孤單了。母親千萬不能走！」

　　父親這才饒恕了姚氏。姚氏被子騫的孝心感動，從此改變態度，三個孩子同樣對待，全家和睦相處，一家之計在於和。人們讚道：閔氏有賢郎，何時怨後娘；車前留母在，三子免風霜。

語文運用

例句：大女兒要霸佔房子，想把父母和妹妹趕走，從此全家無寧日，成日爭執不停。唉，一家之計在於和，家人不和的日子怎麼過啊！

老吾老，以及人之老；
幼吾幼，以及人之幼。
——《孟子·梁惠王上》

釋義：

　　敬愛贍養自己的老人，也要顧及到其他的老人；愛護撫養自己的孩子，也要顧及到別人的孩子。

故事：

　　戰國初期，七雄中最強盛的是魏國，因為君主魏文侯十分賢明，利用能人治國，推行政治和經濟改革、制定法典等。但是傳到第二代魏武侯及第三代魏惠王後，國力漸漸衰落。惠王遷都大梁後，人稱他為梁惠王，他在外交上失利，又受到秦、齊、楚的夾擊，漸漸失去了霸主地位。

　　孟子帶着弟子周遊列國宣傳儒家的仁義學說，但都沒能受到各君主的重用。他曾在魏國住過一段日子，與梁惠王多次見面。第一次見面時，梁惠王問他：「老先生千里迢迢來此，對我國有何利啊？」孟子回答說：「王何必談利啊，若是有仁義就夠了。君王問對國家有何利，大夫問對自己的家有何利，百姓問對我自己有何利。由上至下都追求利，國家就危險了。」這次的談話不歡而散，但梁惠王還是留下了孟子，後來又見了幾次面。

　　最後一次見面時，年邁的梁惠王想在死前找到強國的辦法，比較謙虛地說：「願受先生指教。」接着說自己為治國已經很盡力了，為何國家不強盛。孟子勸他要施仁政、行王道，不要把百姓日子過得不好歸咎於天災，有很多事不是做不到，而是不去

做。要減稅收、少刑罰，提倡深耕細作、增加糧食生產；要教育百姓孝悌忠信，敬愛贍養父母並在外顧及他人的父母；撫養教育自己的子女，並顧及他人的孩子。能做到「老吾老，以及人之老；幼吾幼，以及人之幼」，天下大事就如同在你手掌中，可以順心運轉了。

　　這是孟子對於他心中的理想社會的描述，與孔子關於大同世界的理解是一致的。

語文運用

例句：如果人人能做到孟子所說的「老吾老，以及人之老；幼吾幼，以及人之幼」，使社會上「老有所終、壯有所用、幼有所長」，那就是孔子說的大同世界了。

樹欲靜而風不止，
子欲養而親不待。
——《孔子家語》

釋義：

　　樹木想要靜止，但是風卻不斷吹得它搖搖擺擺；子女想贍養父母，但是父母卻已等不及而離世了，所以盡孝要趁早。

故事：

有一天，孔子與弟子們一起坐車出行。半途忽然聽見前面有人在大聲痛哭，哭得很悲痛，哭聲很淒慘。孔子對趕車人說：「快去前面看看，前面有賢人！」

趕到那裏，一看原來是周人皋魚，身披粗布衫，手持鐮刀，站在道旁哭得很傷心。

孔子下車問他：「先生莫非家有喪事，為何如此痛哭？」

皋魚回答說：「我有三個過失——年輕時離家，外出求學，周遊列國，耽誤了照顧親人，這是一個過失；我心懷大志，自視清高，不願服侍君主，以致一事無成，這是第二個過失；我有交情很深厚的朋友，卻因為一些小事而絕交，至今毫無聯繫，這是第三個過失。樹欲靜而風不止，子欲養而親不待，時光逝去追不回來，親人過世再也不能相見。請讓我也離開這個世界，去陪伴逝去的親人吧！」說完，他聲嘶力竭，倒下斷了氣。

孔子對弟子們說：「你們要引以為戒，這件事足以使你們明白了其中的道理！」

弟子們深受震動，當即有十三人告辭回家贍養父母。後人以

「風樹之悲」、「皋魚之泣」來比喻喪親之痛，告誡世人「百善孝為先」，孝順父母要及時。《韓詩外傳‧卷九》中說：「父母在世，要盡孝道，以免『皋魚之泣』，徒留悔恨。」孔子的學生曾子也曾說：「與其父母死後殺牛到墳前奠祭，不如在他們健在時以豬雞之肉盡心奉養。」

人們也用「樹欲靜而風不止」來比喻形勢發展與自己的主觀願望相違背，說明客觀規律是不以人的意志為轉移的。

語文運用

例句：王先生帶父母妻兒一起移民去外國，有朋友說不如先讓老人家留在香港，等他在外國站穩腳跟再接父母過去。王先生說：「父母年事已高，我還能有多少日子盡孝？不要等到『樹欲靜而風不止，子欲養而親不待』，那時後悔就來不及了！」

孝順還生孝順子，忤逆還生忤逆兒。
——《增廣賢文》

釋義：

　　孝順父母的人，所生的孩子也會孝順父母；不孝順的逆子，生的孩子也不會孝順父母。

故事：

　　從前有一戶農家，夫妻倆年過三十才生了一個兒子，十分鍾愛他，儘管家境清貧，還是想方設法弄到最好的食物來撫養他。這對父母自己克勤克儉、節衣縮食，卻對兒子百依百順，兒子想要什麼一定設法滿足他。如此日子久了，使得兒子驕橫縱慾，一切以自我為中心，不尊重父母。

　　兒子長大結婚了，一年後媳婦生了個男孩，農人夫婦當了爺爺奶奶，心中十分歡喜。奶奶幫着媳婦照顧孫子，又忙着家務，操勞過度，過不久病逝了。爺爺失去了老伴非常傷心，身體一天不如一天，兩手常常顫抖，往往拿不住東西。有好幾次吃飯時，手中的飯碗掉在地上，瓷碗碎成好幾片。媳婦很不高興，抱怨他怎麼這樣不小心，經常打破碗；兒子也覺得父親很煩，就用木頭刨成了碗狀給他盛飯，說：「這樣就不會打破碗了。」

　　小孫子把這一切都看在眼裏。一天，父親看見孩子用鑿子用力地挖鑿着一塊木頭，感到很奇怪，就問孩子：「你這是在幹什麼啊？」

　　孩子回答說：「我也為你做一個木飯碗，這樣你以後老了可

　以用，不會打碎飯碗了。」

　　孩子他爸聽了一怔，隨即嚎啕大哭。他意識到兒子是在仿效自己的一言一行，以他的行為做榜樣。「孝順還生孝順子，忤逆還生忤逆兒」，他今天如何對待父親，將來兒子就會如何對待他。他怎能給兒子做個不孝順父母的榜樣呢？於是他痛改前非，和媳婦一起善待父親，從此一家人和睦過日子。

語文運用

例句：這一家四代同堂，孩子都孝順父母，優良傳統代代相傳，全家十口人和和睦睦，日子過得舒心快樂。真是孝順還生孝順子，當父母的都做出了好榜樣啊！

兒孫自有兒孫福，
莫為兒孫作馬牛。
——《增廣賢文》

釋義：

　　兒女和孫輩們自會走他們自己的路、有他們的福分，做父母的不必過多為他們擔心、不用像牛馬那樣為他們操勞。

故事：

故事類型：**民間故事**

　　林則徐是清朝名臣、嚴禁英國鴉片的民族英雄。這是他教育子女的名言，他說自己不會把錢財留給子女：「如果他們聰慧廉潔能幹，也就不需要我的錢；如果他們不爭氣，留錢給他們反是害了他們，他們會好逸惡勞、坐吃山空。」所以他認為不能溺愛孩子。

　　閩南有一則民間傳說：泉州有個姓羅的秀才，屢次應試都落榜，只好到外地去當私塾老師，七歲的兒子羅倫在家幫母親做家務。有一年除夕，秀才回家過年，想考考兒子的能力，便出了一個「天」字，要兒子對相反意思的字。兒子沒學過這些，不會對。母親在一旁著急，用手指指地上提點他，兒子見地上有一攤雞屎，便隨口答道：「天對雞屎！」父親大怒，覺得兒子太愚蠢，自己中舉又沒有希望，心灰意冷的他就出家去當和尚。

　　母親辛勤紡紗織布賺錢送兒子去上學。羅倫很爭氣，讀書努力，進步很快，二十五歲時考中舉人。為了報答母親養育之恩，羅倫給母親辦了盛大的生日宴。

　　離家十八年的羅秀才得到消息，非常興奮，便回家看看。

守門人以為是和尚來化緣，報告了羅倫的母親，她吩咐下人捐贈一千文錢。但是和尚還不走，羅倫母親又加贈一斗米。和尚卻還要求見見新中舉人母子，守門人覺得他的要求很無禮，拒絕了。羅秀才就要求拿筆墨來，他在牆上題了一首詩：「離別家鄉十八秋，千金斗米我不收。兒孫自有兒孫福，莫為兒孫作馬牛。」題完就轉身離去。

羅倫日後常以「天對雞屎」一事教導青年，只要發奮圖強一定能獲得幸福。

語文運用

例句：孩子們都大了，有自己的主張和人生目標，你不用操心太多。古人都說「兒孫自有兒孫福，莫為兒孫作馬牛」，放手讓他們自由發展吧！

新雅中文教室

警世名言故事 60 選

作　　者：宋詒瑞
插　　圖：游菜籽
責任編輯：林可欣
美術設計：張思婷
出　　版：新雅文化事業有限公司
　　　　　香港英皇道499號北角工業大廈18樓
　　　　　電話：（852）2138 7998
　　　　　傳真：（852）2597 4003
　　　　　網址：http://www.sunya.com.hk
　　　　　電郵：marketing@sunya.com.hk
發　　行：香港聯合書刊物流有限公司
　　　　　香港荃灣德士古道220-248號荃灣工業中心16樓
　　　　　電話：（852）2150 2100
　　　　　傳真：（852）2407 3062
　　　　　電郵：info@suplogistics.com.hk
印　　刷：中華商務彩色印刷有限公司
　　　　　香港新界大埔汀麗路36號
版　　次：二〇二二年七月初版

ISBN: 978-962-08-8067-4
©2022 Sun Ya Publications (HK) Ltd.
18/F, North Point Industrial Building, 499 King's Road, Hong Kong
Published in Hong Kong, China
Printed in China